The Independent Bookworm

Über das Buch

Es war einmal in einer Welt, in der Magie und Technik mit unerwarteten Konsequenzen aufeinander treffen …

Amber Ash arbeitet unter den wachsamen Augen ihres Stiefvaters im Spielzeugladen ihrer Familie und träumt von Magie. Als sie eine Fee in einem Käfig kauft, nimmt ihr Leben eine ungewöhnliche Wendung, obwohl die Magie der Fee schwach ist. Kann Amber ihre eifersüchtige Stiefschwester austricksen und ihre eigene Magie entdecken?

Was wäre, wenn die Brüdern Grimm übersehen hätten, wie fähig „Aschenputtel" wirklich ist?

Über die Autorin

Katharina Gerlach hat seit ihrer Geburt den Kopf in den Wolken. Früher lebte sie mit drei jüngeren Brüdern mitten in einem Wald im Herzen der Lüneburger Heide. Tagelang verschwand sie in magischen Abenteuern, vergangenen Zeiten oder unheimlichen Märchenwäldern, denn auch junge Wilde lernen irgendwann Lesen.

Auf die Erde kehrte sie nie lange zurück. Eines Tages wurde ihr klar, dass sie schreiben muss, wenn ihr Traum, ihre Geschichten zu teilen, wahr werden sollte.

Katharina schreibt am liebsten Fantasy, Science Fiction und Historische Romane für alle Altersgruppen. Zurzeit arbeitet sie an ihrem nächsten Projekt in einem Häuschen nicht weit von Hildesheim, wo sie mit ihrem Mann, drei Kindern und einem Hund lebt.

Mehr Informationen: http://de.KatharinaGerlach.com

AMBER ASH

ASCHENPUTTEL

SCHÄTZE NEU ERZÄHLT 9

Katharina Gerlach

Amber Ash, Schätze Neu Erzählt 9
erschienen im Independent Bookworm Verlag, USA und D
Dieses Buch ist auch als eBook erhältlich. Es ist auf Deutsch und auf
Englisch erschienen.

© 2015, alle Rechte an der Geschichte liegen bei der Autorin
© 2017, cover art by Katharina Kolata
© 2017, title background by Corona Zschusschen
© 2014, logo by colorgraphix
© 2017, paragraph divider by Katharina Kolata
editor: Juno Dean
printed On-Demand Publishing LLC, 100 Enterprise Way, Suite A200,
Scotts Valley, CA 95066, USA, www.createspace.com

ISBN-13 978-3-95681-099-2

Weitere Information finden Sie auf der Verlagswebsite:
http://www.IndependentBookworm.de

Für meine Familie. Ohne Euch hätte ich es nicht geschafft.

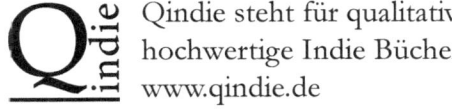

Qindie steht für qualitativ
hochwertige Indie Bücher
www.qindie.de

INHALTSVERZEICHNIS

Amber Ash

Ganz vorsichtig glättete Amber das Blattgold. Ihre Zunge folgte unbewusst jeder Bewegung ihres Pinsels. Dies war das letzte Stück Blattgold, das sie hatte, und der Kunde konnte jeden Moment auftauchen, um die aufziehbare Kutsche abzuholen. Sie durfte jetzt auf keinen Fall etwas falsch machen.

„Amber, wo ist der Silberdraht?" Ihr Stiefvater steckte den Kopf durch den Vorhang ihrer Arbeitskabine. „Ich kann ihn nirgends finden."

„Er sollte in der obersten Schublade des Materialschranks sein."

„Glaubst du, da hätte ich nicht geguckt?" Er schob seinen fetten Bauch durch den engen Durchgang. „Lilly und Rosa haben auch keinen."

„Ich arbeite im Moment nicht mit Silber." Sie zeigte auf die beinahe fertige Kutsche. Es wäre eine dumme Idee, ihrem Stiefvater zu sagen, dass Rosa immer wieder Silberdraht an den Goldschmied von nebenan verkaufte, um sich ein weiteres Kleid oder ein zusätzliches Paar Schuhe zu kaufen. Auf der linken Wange spürte sie immer noch den Schlag von letzter Woche, als sie ihm eröffnet hatte, dass Rosa nur so tat, als würde sie arbeiten.

„Ich wünschte mir wirklich, ich hätte einen Sohn." Seufzend drehte sich ihr Stiefvater um und quetschte sich erneut durch den engen Durchgang. Genervt hörte Amber einen der Knöpfe von seinem Hemd abspringen. *Das bedeutet heute Abend Näharbeiten für mich.*

Sie legte den Pinsel beiseite und betrachtete ihre Arbeit. Die Kutsche wirkte magisch. Sie sah aus, als wäre sie aus einem echten Kürbis geschnitzt, so gut hatte sie die Farbe getroffen. Die goldenen Mähnen der Pferde glitzerten im schwachen Licht der schirmlosen Glühbirne über ihrer Werkbank. Jetzt musste sie nur noch die Pferde einspannen, dann wäre sie fertig.

„Amber! Beweg deinen Hintern hier raus." Ihr Stiefvater rief über seine Schulter, und Amber sprang sofort auf. Ihr war nicht klar gewesen, dass sein Besuch bedeutet hatte, dass sie ihm folgen sollte. Eilig stellte sie die leere Blattgoldbüchse beiseite und lief ihm in die Hauptwerkstatt nach.

„Hole für drei Taler Silberdraht. Sag Geoffrey, er soll anschreiben. Ich werde nach dem Wochenende bezahlen."

Bevor Amber den Auftrag bestätigen konnte, kam Rosa aus dem Laden geeilt. „Aber Vater, du willst doch nicht wirklich *sie* losschicken, um etwas so Wertvolles zu holen, oder?"

„Warum nicht, mein Engel?" Er lächelte seine Tochter an. „Deine Schwester ist heute bei ihrer Freundin, und du bist doch viel zu beschäftigt mit dem Laden …"

„Ich denke, sie kann eine Weile für Lilly einspringen." Rosa betrachtete Amber von Kopf bis Fuß. Amber rieb sich einen winzigen Krümel Gold von ihrem Handrücken und war sich schmerzlich bewusst, dass ihre schlichte Arbeitskleidung kein Vergleich zu Rosas sorgsam geschneidertem Kleid war. Rosa zuckte mit den Schultern.

„Es wird schon gehen. Wenigstens ist sie diesmal nicht schmutzig."

„Du willst wirklich quer durch die Stadt gehen, um mir mein Silber zu holen?" Ihr Vater strahlte, als hätte sie ihm ein Geschenk gemacht, dabei war Geoffreys Geschäft nur zwei Straßen weiter.

„Du weißt doch, wie sehr ich Geoffrey bewundere." Rosa schob Amber zum Durchgang, der in den Laden führte.

Froh, ihr aus dem Weg gehen zu können, gehorchte Amber. Sie war nicht oft im Laden, und wenn sie doch einmal eintreten durfte, dann meistens nachts. Mit großen Augen sah sie sich um. Clowns grinsten von ihre Regalen herab, bereit die Köpfe zu schütteln oder ein Lied zu singen, sobald jemand ihre Kurbeln drehte. Ballerinen standen auf ihren Kistchen und warteten darauf, tanzen zu dürfen. Bälle mit Glöckchen darin, Reifen und Ringe, bunte Anziehpuppen aus Papier, Porzellanpuppen – jede freie Oberfläche war mit den Dingen vollgestellt, die sie verkauften. Und sie hatte die meisten davon hergestellt. Lilly und Rosa hatten kein Talent, wenn es um Mechanik ging, und ihr Stiefvater tat nur das Nötigste, um den Laden zu füllen. *So viele wunderbare Spielsachen … Es ist wahrlich ein Kinderparadies voller Fantasie und Magie.* Die Stimmen hinter ihr verklangen, was bedeutete, dass Rosa endlich gegangen war und es sich ihr Stiefvater vermutlich auf seinem Liegesessel bequem gemacht hatte. Amber nahm die Schultern zurück und fühlte sich für einen Moment wie die Besitzerin des Ladens. Ein Lächeln breitete sich auf ihrem Gesicht aus.

Die Türglocke ertönte, und ein junger Mann trat ein. Seine braunen, verstrubbelten Haare fielen ihm in die Stirn und verdeckten seine Augen. Das Material seiner handgefertigten Kleidung spannte über seinen breiten Schultern und den schmalen Hüften, so als wäre er in letzter Zeit gewachsen. Er war eindeutig kein einfacher Diener; vielleicht der zweitgeborene Sohn einer nicht ganz wohlhabenden Familie des Niederen Adels.

Ambers Lächeln verschwand für einen Moment, dann fing sie sich wieder. „Was kann ich für Sie tun, mein Herr?"

„Ähm …" Der junge Mann schien sich ebenso unsicher zu fühlen wie sie selbst, also lächelte sie noch ein wenig mehr. Er räusperte sich.

„Ich … Ein Freund von mir bat mich, eine Spielzeugkutsche abzuholen, die er bestellt hatte."

„Sprechen Sie von der Bestellung aus dem Palast? In dem Fall brauche ich einen Beleg, dass sie abholberechtigt sind." Amber legte den Kopf ein wenig schief und hoffte, es sähe entschuldigend aus. „So sind die Vorschriften der Palastverwaltung."

„Selbstverständlich. Kein Problem." Der junge Mann wühlte in seinen Taschen. „Könnte ich … Ich meine, ist sie schon eingepackt? Ich würde sie zu gerne einmal sehen."

Amber verstand seine Neugier. Wenn sie ein solches Geschenk abholen müsste, würde sie sich vermutlich genauso fühlen.

„Ich kann sie in den Laden holen. Dann können Sie sie ansehen, während ich sie einpacke."

„Das wäre wunderbar. In der Zwischenzeit finde ich den Abholbeleg."

Amber huschte an ihrem Stiefvater, der schnarchend in seinem Sessel lag, vorbei in ihren Werkraum. Vorsichtig nahm sie das Spielzeug und eilte in den Laden zurück.

„Mannomann." Dem jungen Mann klappte die Kinnlade herunter, als sie die Kutsche abstellte und die Pferde anschirrte. Ein wohliger Schauer lief Amber über den Rücken.

„Sie kann sich auch bewegen." Sie legte einen winzigen Hebel an der Deichsel um, und die Pferde

13

setzten sich in Gang und zogen die Kutsche hinter sich her über den langen Verkaufstresen.

„Unglaublich! Haben Sie Magie benutzt?" In der Stimme des Fremden schwang Hoffnung mit. Amber lachte. Die Antwort darauf war eindeutig.

„Selbstverständlich nicht. Etwas wie Magie gibt es nicht mehr."

„Na ja …" Der junge Mann beugte sich vor, bis sein Gesicht beinahe ihres berührte. Ambers Herz raste. Sie hielt den Atem an. Als er flüsterte, kitzelte sein Pony ihre Wange und verursachte kleine Hitzewellen, die durch ihren Körper schossen. „Da wäre ich mir nicht so sicher. Ich habe Gerüchte gehört, dass es im Norden noch ein paar Ecken mit Magie geben soll."

„Wirklich?" Amber tat so, als wäre sie nicht interessiert. Zuzugeben, dass man sich für Magie interessierte, konnte gefährlich sein. Viele Menschen hatten Angst vor einer so unberechenbaren Kraft. Außerdem fiel es ihr schwer, die neuen, ungewohnten Gefühle in den Griff zu bekommen, die dieser … dieser junge Mann in ihr weckte.

„Ein Händler aus Bergia erzählte dem jüngeren Prinzen neulich, dass er im Wald ein Einhorn gesehen hätte."

„Ein Einhorn …" So sehr sie es auch versuchte, Amber gelang es nicht, die Ehrfurcht aus ihrer Stimme herauszuhalten. „Das würde ich zu gerne mit eigenen Augen sehen."

„Ich auch, und das werde ich. Sie werden schon sehen." Der Fremde richtete sich auf. „Vorsicht! Die Kutsche."

Kurz bevor das erste Paar Pferde den hinteren Rand des Verkaufstresens erreichte, trat Amber zu dem Spielzeug und stoppte den Mechanismus. Schweigend wickelte sie zuerst die Pferde, dann die Kutsche in dünnes Papier und verstaute alles in einem Karton. Die ganze Zeit spürte sie den Blick des Fremden auf ihrer Haut brennen. Es fiel ihr immer schwerer, ganz normal zu atmen.

Als sie das kleine Spielzeug eingepackt hatte, bat sie um den Abholschein. Er war mit vielen Schnörkeln verziert, verriet ihr aber nicht den Namen des jungen Mannes. Wie schade. Doch das Siegel war echt, und so reichte sie dem jungen Mann den Karton mit der Kutsche. Ihre Blicke trafen sich. Er wurde rot.

„Sie sind recht … ähm … ich meine, haben Sie die Kutsche ganz alleine hergestellt?"

Amber nickte.

„Was für ein Talent." Er grinste verlegen, dann streckte er ihr seine freie Hand entgegen. „Im Übrigen bin ich Richard."

„Erfreut, Ihre Bekanntschaft zu machen." Amber nahm die Hand, und ein elektrischer Schock schoss durch ihren Arm. „Autsch!"

„Entschuldigen Sie." Richard wurde erneut rot. „Ich wollte Ihnen keinen Schlag versetzen. Das liegt an diesen blöden Schuhen."

„Kein Problem." Amber rieb sich den Arm, damit das Kribbeln aufhörte.

„Übrigens, wollen Sie nicht morgen auf den königlichen Ball kommen?" Richard sah ihr direkt in die Augen. Es lag so viel Hoffnung in seinem Blick, dass Amber begriff, wie sehr er sich wünschte, sie würde zustimmen. Würde ihr Stiefvater sie gehen lassen? Na ja, sie könnte ja so tun, als müsse sie lange arbeiten. Er würde ihr sicher glauben, zumal er selbst nicht gerne Spielsachen herstellte. Er wäre froh, ihr die Arbeit zu überlassen. Aber was sollte sie anziehen?

„Ich kann nicht. Das einzige Kleid, das ich neben meiner Arbeitskleidung besitze, ist das Hochzeitskleid meiner Mutter. Es ist viel zu altmodisch, um als Ballkleid durchzugehen."

„Das ist überhaupt kein Problem." Er zog eine Geldbörse hervor und reichte ihr ein Gold- und ein Silberstück. „Das sollte genügen, um auch so kurzfristig noch ein hübsches Kleid zu kaufen." Er nahm ihre Hand, beugte sich vor und hauchte einen Kuss auf ihre Finger. Ein weiterer Blitz schoss durch ihren Arm, der aber nicht von statischer Energie verursacht wurde.

„Ich freue mich bereits jetzt darauf, mit Ihnen zu tanzen. Sie sind die erste Person, die ich getroffen habe, die sich auch für Magie interessiert." Wenig später waren er und der Karton mit der Kutsche fort. Nur der Beutel mit der Bezahlung des Spielzeugs blieb zurück.

Ich habe ihm gar nicht gesagt, wie ich heiße, dachte Amber. Sie hörte die Tür der Werkstatt zuknallen.

Offensichtlich war Rosa zurück. Schnell steckte sie die Geldstücke ein, die ihr Richard gegeben hatte und begann, den Betrag in dem Beutel zu zählen, mit dem die Kutsche bezahlt worden war. Das hätte sie eigentlich gleich machen müssen. Ihr wurde heiß bei dem Gedanken, was passieren würde, falls der junge Mann sie betrogen hatte.

„Hast du ihn gesehen?" Rosa stürmte in den Laden. „Hast du?"

„Wen?" Amber warf die letzte Münze zurück in den Beutel. Es war sogar etwas mehr als das, was ihr Stiefvater verlangt hatte.

„Der Bruder des Kronprinzen muss in einem Geschäft in der Nähe gewesen sein. Ich habe ihn an unserem Laden vorbeigehen sehen. Du musst ihn doch auch gesehen haben." Rosa träumte mit offenen Augen vor sich hin, einen seligen Ausdruck im Gesicht. „Das wäre der rechte Ehemann … von allem genug, um den Rest meines Lebens sorgenfrei zu sein. Ich wäre eine Prinzessin!" Sie knuffte Ambers Arm. „Warum bist du noch hier? Verschwinde."

Aus jahrelanger Erfahrung wusste Amber, dass, wenn sie nicht eingriff, Rosa die Hälfte des Geldes, das Richard bezahlt hatte, einstecken und behaupten würde, Amber hätte es genommen. Also schluckte sie die Antwort hinunter, ertrug die Kniffe und Tritte, schnappte sich den Geldbeutel und brachte ihn ihrem Stiefvater.

Für den Rest des Tages haderte Amber mit sich selbst. Sollte sie sich ein Kleid kaufen und zum Ball gehen? Ihr lag eigentlich nicht viel an Bällen.

Als die Dämmerung hereinbrach, war sie die letzte in Werkstatt und Laden. Wie jeden Abend genoss sie die Ruhe, während sie Fensterläden schloss und die Türen verriegelte. Sie war beinahe fertig, als ein Junge angerannt kam.

„Ma'am! Wart'n se mal." Er schwenkte ein Stück Papier. Ambers Herz machte einen kleinen Satz. Hatte Richard ihr geschrieben? Sie nahm den Zettel, drückte dem Jungen ein Kupferstück als Belohnung in die Hand und schloss die Tür hinter ihm ab, bevor sie die Nachricht las. Dort stand:

Ich werde zum Abendessen bei euch sein.
Tante Elisabeth

Amber stöhnte auf. Die Schwester ihres Stiefvaters war noch schwerer zu ertragen als Rosa. Sie würde sich beeilen müssen, das Essen rechtzeitig auf den Tisch zu bekommen, sonst würde ihr Tante Elisabeth wieder Kopfnüsse verpassen. Aber wahrscheinlich würde sie das sowieso tun.

Amber rannte beinahe nach Hause. Auf dem Markt schlängelte sie sich zwischen den Menschen hindurch, die ihre Einkäufe eigentlich längst beendet haben müssten. Warum gab es noch so viele Käufer? Es war doch fast Zeit fürs Abendessen. Normalerweise waren um diese

Uhrzeit die Straßen so gut wie leer. Sie stolperte über einen Hund an einer Leine und versuchte vergeblich, sich abzufangen. Um sich schlagend prallte sie mit dem Kopf voran auf den Tisch eines Marktstandes voller Kuriositäten. Zum Glück war es ein stabiler Tisch. Einige kleine Gegenstände und ein leerer Vogelkäfig fielen zu Boden.

„Heh! Du ruinierst mir meine Waren. Den Schaden bezahlst du." Der Besitzer der Bude tat, was jeder gute Händler in so einer Situation tat – er versuchte Geld aus ihr herauszuschlagen. Amber knurrte, als sie aufstand. Doch ihre Drohung, die Marktwächter zu holen, sollte er sie betrügen wollen, erstarb auf ihren Lippen, als ihr Blick auf den Vogelkäfig fiel. Eine winzige Frau in einem Rüschenkleid klammerte sich an den kleinen Zweig, den jemand zwischen die Gitterstäbe gesteckt hatte. Sie schien darum zu kämpfen, nicht herunterzufallen.

„Was ist das?" Sie zeigte auf den Käfig.

„Das ist ein magischer Käfig, der dir alle deine Wünsche erfüllen kann, wenn du nur daran glaubst." Der Budenbesitzer hob ihn auf. „Manche behaupten, es sei einmal eine Fee darin eingesperrt gewesen."

„Soweit ich das sehen kann, ist sie noch da."

„Unsinn." Der Mann sah sie mit gerunzelter Stirn an. „Wenn jemand darin stecken würde, wäre das Freiheitsberaubung. Und auf so etwas lasse ich mich nicht ein. Der Käfig ist leer."

Amber unterdrückte ihren Protest. Wenn er nicht daran glaubte, umso besser für sie. „Ich möchte ihn kaufen."

„Wofür?" Mit einem Mal schien der Verkäufer misstrauisch.

„Ich bin zum königlichen Ball eingeladen." Amber klapperte mit den Wimpern, wie sie es bei Rosa und Lilly gesehen hatte, wenn diese ihre Bewunderer ansahen. Je koketter sie sich gab, desto eher würde der Verkäufer ihre Lüge schlucken. „Und ich bin dankbar für jede Art der Unterstützung, die mir hilft, den richtigen Ehemann zu erwischen."

Dem Händler schien der Grund zu reichen. „Fünf Goldstücke."

„Fünf? Für einen leeren Käfig? Ich geben Ihnen eins." Amber wusste, dass feilschen von ihr erwartet wurde. Sie tat ihr Bestes, wenn man den Zeitdruck bedachte, unter dem sie stand. Am Ende erhielt sie den Käfig für ein Goldstück. So blieb ihr nur noch das Silberstück für ein akzeptables Kleid.

Als Amber mit dem Käfig in der Hand weiter eilte, dachte sie: *Ich muss die Fee unbedingt Richard zeigen. Er wird begeistert sein.* Plötzlich wurde ihr etwas klar. Um ihn zu treffen, musste sie zum Ball gehen, und sie hatte kein passendes Kleid und nicht mehr genug Geld, um eines zu kaufen. Ihr Blick fiel auf einen Stand, der Stoffe, Bänder und Spitze verkaufte. Sie konnte recht gut mit der Nadel umgehen, vielleicht könnte sie das Hochzeitskleid ihrer Mutter anpassen. Also gab sie das restliche Geld für bunte Bänder, Klöppelspitzen und feinsten Stoff für Rüschen aus.

Daheim stellte sie ihre Einkäufe und den Käfig auf den Tisch in ihrem Zimmer.

„Ich komme sofort nach dem Abendessen zurück", sagte sie zu der Fee. „Wenn ich mich jetzt nicht beeile, bekomme ich riesigen Ärger."

Die kleine Fee regte sich nicht. Sie klammerte sich an ihren Sitz, als hinge ihr Leben davon ab. Amber zuckte mit den Schultern und eilte in die Küche.

„Und ich sage euch, eines Tages wird dieses Mädchen euer Tod sein", verkündete Tante Elisabeth, als Amber mit der Suppe hereinkam. Sie war sicher, dass die alte Dame sie geschlagen hätte, würde sie nicht die Terrine tragen. Die Tante war schon früher grundlos auf sie losgegangen. Daher ging sie ihr so gut es ging aus dem Weg, während sie das Abendessen servierte.

„Halt die Klappe, Liz." Das Stirnrunzeln ihres Stiefvaters wurde stärker. „Du hast ja keine Ahnung, was sie für uns bedeutet."

„Oh, das verstehe ich sehr wohl." Das Parfüm der Frau driftete in Ambers Nase, und sie musste sich zwingen, nicht zu niesen.

„Wie bitte?" Als Rosa sich ihrem Vater zuwandte, klang ihre Stimme wie hochgezogene Augenbrauen, auch wenn sie ihr Gesicht niemals zu einer solchen Grimasse verziehen würde. „Inwiefern ist … die da …

für uns wichtig?" Sie warf Amber einen angeekelten Blick zu.

„Hol den nächsten Gang", sagte der Stiefvater zu Amber, die seine Antwort nur zu gerne gehört hätte. Doch er wartete bewusst, bis sie den Raum verlassen hatte, bevor er weitersprach. Also huschte sie ins angrenzende Zimmer, wo die Luftschächte beide Zimmer verbanden.

„… wenn sie dabei ist." Die Stimme ihres Stiefvaters klang wütend. „Du kannst sie hassen, so sehr du willst, aber du wirst ihr so freundlich begegnen wie du kannst."

„Das ist unerhört." Rosas Abneigung war deutlich spürbar. „Du solltest sie im nächsten Waisenhaus oder Arbeitslager aussetzen, so schnell es geht."

Amber erschauerte. Warum hasste Rosa sie so sehr? Sie war doch das Mädchen für alles hier, während Rosa den ganzen Tag tun und lassen konnte, was sie wollte. Amber hielt die Luft an und wartete auf die nächsten Worte ihres Stiefvaters. Eine Weile kam es ihr so vor, als wolle er nicht weitersprechen, aber dann hörte sie das Quietschen der Dielenbretter. Er musste nachgesehen haben, ob sie an der Tür lauschte. Zum Glück schien er nicht an die Luftschächte zu denken. Na ja, sie war ja auch diejenige, die sie immer reinigen musste. Er kümmerte sich nie um Haushaltsangelegenheiten.

„Du wirst nett zu ihr sein, ob es dir gefällt oder nicht. Glaubst du, mir macht es Spaß, sie durchzufüttern?" Die Stimme ihres Stiefvaters war gefährlich leise, aber sie konnte ihn trotzdem gut verstehen, denn im

Nebenraum war es totenstill. „Ihre Mutter vererbte ihr den Laden, das Geld und das Haus. Ich bin nur ihr Vermögensverwalter und Vormund. Einmal jährlich muss ich vor Gericht belegen, dass ich mich nicht an ihrem Vermögen vergreife. Sollten wir sie abschieben, wären wir in wenigen Tagen obdachlos. Wenn sie überraschend stirbt, wird das Haus in ein Waisenhaus zu ihren Ehren umgewandelt, und wir werden Diener für was-weiß-ich wie viele Gören. Meinst du nicht, dass ich nicht schon alles Mögliche durchdacht habe, seit ihre Mutter tot ist? Aber meine Frau hat jedes Schlupfloch verschlossen, das mir eingefallen ist."

Amber war wie erstarrt. Ihr gehörte das alles? Ihr? Nicht ihrem Stiefvater? Sie war so geschockt, dass sie beinahe verpasste, wie Tante Elizabeth zu sprechen begann, doch die laute Stimme drang durch ihre Starre.

„Nun, das wird nicht mehr lange ein Problem sein." Tante Elisabeth klang streng und insgeheim stolz. Amber sah sie in Gedanken vor sich, wie sich ihre Augenbrauen hoben und ein überlegenes Lächeln um ihre Mundwinkel spielte. „Ich habe nämlich gute Neuigkeiten … Nein, die werde ich euch noch nicht mitteilen. Wir sprechen beim Dessert darüber."

„Worum geht es denn?" fragte Rosa.

Amber ließ sie bei dem vergeblichen Versuch zurück, etwas aus ihrer Tante herauszubekommen, während sie in die Küche eilte, um den Hauptgang zu holen, bevor sie vermisst wurde.

Nachdem sie das Dessert serviert hatte, schlich sie sich wieder in das Nachbarzimmer. Sie war ebenso neugierig wie Rosa. Vielleicht bedeuteten ihre Neuigkeiten ausnahmsweise auch einmal etwas Gutes für Amber. Sie lauschte mit angehaltenem Atem.

„Also, Liz, was wolltest du uns mitteilen?"

„Du bist beinahe so ungeduldig wie deine Tochter, Ambrose. Warum ist Lilly heute nicht hier? Dies betrifft sie ebenfalls."

„Sie besucht eine Freundin. Ich kann sie aber holen lassen, wenn ich weiß, worum es geht." Der Eifer in Rosas Stimme war nicht zu überhören.

„Nun gut, ich werde es euch sagen." Die Tante machte eine Pause, die sich zu einer scheinbar endlosen Stille ausweitete. Amber konnte sich vorstellen, wie Rosa ungeduldig auf ihrem Stuhl hin und her rutschte. Endlich sprach die Tante weiter. „Spätestens Ende des Jahres werdet ihr beide, sowohl Lilly als auch du, Rosa, mit reichen Adeligen verheiratet sein. Vielleicht auch mit einem der Prinzen, denn es ist mir gelungen, in letzter Minute zwei Einladungen zu dem Ball heute Abend zu ergattern."

„Du meine Güte, warum hast du das nicht schon vor dem Essen gesagt?" Rosas Ausruf klang halb anklagend, halb begeistert.

„Ich war der Meinung, eine kleine Stärkung wäre vonnöten, damit wir den Abend für die wichtigen Dinge frei haben. Oder willst du die Zeit damit verschwenden, am Buffet herumzustehen?"

Rosa quietschte so laut, dass es Amber beinahe die Trommelfelle zerriss. Es verschluckte leider auch, was die Tante noch sagte. Rosas Begeisterung nahm kein Ende. „Oh, es ist noch so viel zu tun ... ich brauche ein neues Kleid ... und Perlen! Und bessere Schuhe ... und ..." Rosas Stimme verklang, als sie zu ihrem Zimmer eilte. Amber blickte durch einen Türspalt, um sicher zu stellen, dass niemand sie sehen würde, dann eilte sie die Treppe hinunter und zurück in die Küche. In dem Moment als sie ankam, rief sie die Klingel zurück ins Speisezimmer. Mit einem Seufzer machte sie sich auf den Weg.

„Wir sind zum königlichen Ball geladen. Hol Lilly, Kind. Sofort. Und beeil dich!" Tante Elisabeth winkte sie fort. „Wir haben nur noch drei Stunden."

Amber gehorchte. Sie gönnte Lilly das Vergnügen, zum Ball zu gehen, und während die Familie beschäftigt war, hätte sie vielleicht Zeit, das Hochzeitskleid ihrer Mutter zu ändern.

Eine halbe Stunde später schleppte sie Lillys Tasche mit den nötigsten Dingen für die Übernachtung in das Zimmer ihrer Schwester.

„Ich finde es immer noch ungerecht, dass du nicht mit kannst", sagte Lilly. „Ich könnte dir eines meiner Kleider geben. Du bist nur wenig kleiner als ich. Es müsste dir wunderbar passen. Und du hättest einen netten Ehemann verdient. Einen, der dich von Rosa wegbringen kann."

Amber freute sich über Lillys Mitgefühl, zuckte aber mit den Schultern. „So schlimm ist es nicht."

„Ist es doch." Lilly lächelte sie an. „Ich lege bei Tantchen mal ein gutes Wort für dich ein."

„Sie wird es nicht erlauben, und ich habe sowieso kein Interesse an einem Ball." Amber wollte nicht, dass Lilly die Aufmerksamkeit der anderen auf sie lenkte. „Du solltest dich lieber umziehen. Deine Tante hat dir und Rosa neue Kleider gekauft."

Doch ihre Stiefschwester blieb hartnäckig. „Ich werde dafür sorgen, dass du mit darfst, und wenn es nur dafür ist, dass du zusehen kannst." Sie eilte in Rosas Zimmer, wo ihre Tante und ihre Schwester damit beschäftigt waren, die richtigen Accessoires für das neue Kleid auszuwählen, während Ambers Stiefvater ein wenig verloren herumstand. Lilly hielt sich nicht mit einer Begrüßung auf. „Liebstes Tantchen, ich möchte, dass Amber mitkommt."

„Wozu? Um uns mit diesem …" – sie winkte zu Ambers Arbeitskleidung – „… Kleid zu blamieren?"

„Sie kann eines von meinen haben. Aber sie ist unsere Schwester und sollte mitkommen dürfen." Lilly legte den Kopf auf die Seite und lächelte. So bekam sie immer alle dazu, das zu tun, was sie wollte. Doch ihre Tante schien immun zu sein.

„Ich sehe nicht, wie wir sie hineinschmuggeln könnten. Ich habe nur zwei Einladungen."

„Papa … bitte?" Lilly packte den Arm ihres Vaters. Er seufzte.

„Also gut, meine Liebe." Er schnappte sich eine Dose mit Glitzerplättchen, die man zur Verzierung auf Kleider nähte, von Rosas Nachtschrank. Damit marschierte aus dem Zimmer und in das Schlafgemach seiner verstorbenen Frau, das seit ihrem Tod unberührt geblieben war. Dort kippte er die Perlen in den kalten Kamin. Eine Aschewolke erhob sich. Der feine Dreck rieselte in einem großen Halbkreis auf die Dielen. Er drehte sich zu Amber um. „Wenn du es schaffst, das Zimmer sauber zu machen und alle Plättchen wieder in die Schale zu sammeln, werde ich mir etwas ausdenken, wie du mitkommen kannst."

„Danke, mein Herr." Amber verbeugte sich, insgeheim erleichtert über diesen Ausweg. Sie würde das Zimmer sauber machen, sobald sie ihr Kleid fertiggestellt hatte. Die Perlen konnten bis morgen warten.

„Aber Papa!" Lillys Protest verhallte ungehört. Ihr Vater war bereits davon gegangen.

„Zieh dich um, Lilly", rief er über die Schulter. „Du hast nur noch zwei Stunden."

„Das ist so gemein!" Lilly schluchzte.

„Mach dir keine Sorgen um mich. Die Perlen finde ich ganz schnell." Amber tätschelte ihre Hand und zog sie zu ihrem Zimmer zurück. „Ich werde in Null-Komma-Nichts fertig sein. Wirst schon sehen."

„Der Ball wird keinen Spaß machen, wenn nur die halbe Familie da ist." Lilly schniefte noch, aber die Tränen waren versiegt.

„Du weißt, dass ich nicht gerne tanze. Gib mir eine Schmiede oder eine Stunde in der Werkstatt. Das macht mich glücklich." Amber schob sie durch die Tür. „Bitte, Lilly, glaub mir. Ich bin viel glücklicher, wenn ich nicht mitkommen muss."

„Versprich mir, dass du wenigstens versuchst, die Perlen rechtzeitig zusammen zu sammeln." Lilly hörte offensichtlich immer noch nicht zu. Amber seufzte.

„Ja, Lilly, das mache ich. Aber nun beeile dich, oder Rosa fährt ohne dich."

„Na gut." Lilly schlurfte in ihr Zimmer und sah sich wie betäubt um. Aber Amber konnte nicht bleiben. Ihr lief die Zeit davon.

Sie lief in die Küche und holte den mechanischen Besen. Das war eine Erfindung ihres leiblichen Vaters, bevor dieser gestorben war. Eine kleine, mit Dampf betriebene Turbine erzeugte einen Sog, der stark genug war, leichten Dreck wie Asche, kleine Steine oder Staub in eine Sammelbox am Griff zu saugen. So schnell sie konnte eilte sie zum Zimmer ihrer Mutter zurück und saugte die Asche vom Boden und aus dem Kamin. Die Perlen klapperten in der Box. Sie würde sie morgen heraussieben. Jetzt hatte sie Wichtigeres zu tun.

Sie nahm den mechanischen Besen mit und eilte in ihr Zimmer. Dort fiel ihr Blick auf die Fee im Käfig.

„Oh je, dich hätte ich beinahe vergessen. Hast du Hunger?" Amber öffnete eine kleine Holzkiste, die auf ihrem wackeligen Tisch stand, und nahm einen leicht schrumpeligen Apfel heraus. Die Fee nickte heftig, also schnitt sie den Apfel in Scheiben und reichte ihn zwischen den Stäben hindurch. Dann öffnete sie den Schrank, um das Kleid ihrer Mutter herauszuholen, und prallte erstaunt zurück.

Ein dunkelblaues Kleid mit tiefem Ausschnitt, Puffärmeln und einem weiten Reifrock hing neben dem Hochzeitskleid ihrer Mutter, ein Paar passende Schuhe standen darunter. Lilly traf immer den Nagel auf den Kopf. Eine Welle aus Dankbarkeit schwappte über Amber hinweg. Die Farbe passte gut zu ihren kastanienbraunen Haaren. Nur Lillys Schuhe waren ihr ein paar Nummern zu klein.

Jemand klopfte an die Tür. Da Lilly die Einzige im Haus war, die Ambers Privatsphäre ernst nahm, rief Amber sie herein.

„Ich habe eine Perlenkette in meiner Schmuckkiste entdeckt, die gut zu dem Kleid passt. Komm, ich helfe dir beim Umziehen."

Amber hatte eine Idee. Immerhin würde Lilly das Kleid jederzeit erkennen, wenn sie auftauchte. Sie nahm die Hände ihrer Stiefschwester.

„Hör mal, Lilly. Ich werde nicht mit euch kommen. Ich wurde heute früh selbst vom zweiten Sohn eines Adeligen eingeladen, aber ich will nicht, dass Rosa davon erfährt."

„Ooooooh!" Lilly quietschte, schlug aber sofort die Hände vor den Mund. Sie sprach im Flüsterton. „Ist er dein Verehrer?"

„Ganz und gar nicht. Aber wir haben ähnliche Interessen, und er wollte mit mir tanzen." Amber hoffte, dass sie nicht rot wurde. Der Gedanke, Richard könnte sie umwerben, war absurd, auch wenn sie zugeben musste, dass sie seine warmen, braunen Augen nicht vergessen konnte.

„Wenn er dich zum Ball gebeten hat, hat er etwas für dich übrig. Glaub mir." Lilly lächelte. „Ich bin nicht besonders klug, aber ich kenne mich mit Männern aus."

„Du bist perfekt, so wie du bist. Und du hast das Herz am rechten Fleck." Amber umarmte sie. „Manchmal glaube ich, dass Rosa ihres verloren hat."

Lilly kicherte.

„Komm jetzt, lass mich dir mit dem Kleid helfen. Papa wird mich jeden Augenblick rufen."

Ein Lachen unterdrückend erlaubte Amber ihrer Schwester, ihr ins Kleid zu helfen. Lilly kam sogar auf die großartige Idee, ein halbdurchsichtiges, dunkelblaues Tuch an einer Tiara zu befestigen und vor dem Gesicht zu tragen, falls sie Rosa zu nahe kommen sollte.

„An meine Kleider kann sich Rosa sowieso nicht erinnern", sagte Lilly, als Amber auf die Möglichkeit der Entdeckung hinwies. „Übrigens, warum steht ein leerer Vogelkäfig auf deinem Tisch?"

„Och, der …" Amber suchte nach einer Ausrede und wunderte sich kurz, warum nur sie die Fee sehen konnte und niemand sonst. „Ich habe mir von meinen Ersparnissen einen Nightbird gekauft. Aber er wollte nicht singen und sah so traurig aus, dass ich ihn freigelassen habe."

„Oh ja, Nightbirds sind empfindlich." Lilly begann über Vögel im Allgemeinen und Singvögel in Käfigen zu dozieren. Amber hörte nur halb zu.

„Lilly! Wo bleibst du? Wir fahren in fünf Minuten!" Die Stimme von Ambers Stiefvater dröhnte durchs Haus als würde sie verstärkt. Schnell umarmte Lilly Amber und huschte aus ihrem Zimmer. Fünf Minuten später knallten mehrere Türen, dann wurde es still im Haus. Amber seufzte erleichtert. Nun musste sie nur noch ein paar Schuhe finden, die wenigstens halbwegs zum Kleid passten, und den Käfig irgendwie in den Palast schmuggeln. Sie zögerte. Vielleicht wäre es besser, ohne den Käfig zu gehen und Richard dazu zu bringen, ihn sich hier anzusehen.

„Heh, wirst du mich bald mal rauslassen?" Die Fee saß auf einer Apfelscheibe und ließ die Füße baumeln. „Ich erfülle dir auch einen Wusch."

Ihre Stimme war genauso laut wie die eines Menschen, was Amber überraschte. Als sie sich wieder gefangen hatte, sagte sie: „Ich brauche niemanden, der mir Wünsche erfüllt, danke."

„Warum hast du mich sonst gekauft? Ich weiß, dass du mich sehen kannst. Lügen hilft nichts."

„Natürlich kann ich dich sehen. Warum auch nicht?"

„Du glaubst an Magie und an Feen. Deine Schwester tut das nicht, und so sieht sie mich nicht. So einfach ist das. Und jetzt lass mich raus." Die Fee schlug mit den Flügeln.

„Das geht nicht. Ich muss dich heute Nacht auf den königlichen Ball bringen."

„Ich wusste es." Die Fee seufzte. „Aber ich versichere dir, dass sich niemanden dazu bringen kann, sich in dich zu verlieben. Das fällt nicht in meine Zuständigkeit. Alles, was ich tun kann, ist günstige Umstände zu schaffen."

„Ich sagte doch, dass ich das nicht brauche." Amber musste sich insgeheim eingestehen, dass die Versuchung größer war als sie zugeben wollte. Tief in ihrem Herzen hätte sie viel dafür gegeben, wenn die Fee Richard hätte dazu bringen können, sich in sie zu verlieben … wenigstens ein wenig. Aber das war nicht Teil ihres Plans. „Ich will dich nur jemandem zeigen, der sich für Magie interessiert. Er wird wissen, was ich mit dir machen soll."

„Das ist leicht. Lass mich frei, und ich finde schon nach Hause."

Amber schüttelte den Kopf.

„Jedermann weiß, wie gefährlich Dampfmaschinen für magische Kreaturen sind, und davon gibt es hier leider viel zu viele. Ich weiß noch, wie Mutter uns immer von Hausfreunden und Spinnenkönigen, von Trollen aus dem Norden und Windsbräuten aus dem Süden erzählt hat. Sie sind fast alle verschwunden. Das Risiko gehen wir mit dir nicht ein."

„Also, was hast du vor?" Die Fee stand auf, balancierte auf dem Apfel und versuchte, nicht den Boden des Käfigs zu berühren. Amber konnte das gut verstehen. Immerhin war er aus Metall, was für das Kleine Volk nach allem, was sie gehört hatte, sehr ungesund sein sollte.

„Ich würde dich gerne an einen Ort schicken, an dem es noch Magie gibt. Leider war ich noch nie außerhalb der Stadt, ich weiß also nicht, wohin ich dich bringen müsste. Aber Richard wird das wissen. Da bin ich mir sicher."

„Prima." De Fee schwebte jetzt über dem Apfelstück. „Lass mich raus, und ich verspreche dir, dass ich bei dir bleiben werde, bis du mit diesem Richard gesprochen hast."

Amber dachte über das Angebot nach. Es wäre um einiges leichter, in den Palast zu kommen, wenn sie keinen Käfig mit sich herumschleppen musste, der für die meisten Menschen leer aussah. Aber konnte sie dem Versprechen einer Fee trauen?

„Was, wenn ich das Versprechen annehme, und sie trotzdem davonfliegt?" dachte sie laut, ohne es zu bemerken.

„Das würde ich nie tun." Die Fee schüttelte ihre Flügel, wodurch ihr Flug ein wenig wackelig wurde. „Die meisten magischen Kreaturen sind an ihr Wort gebunden. Wenn ich also etwas verspreche, ist es, als hätte ein Mensch einen Schwur getan."

„In dem Fall …" Zögernd öffnete Amber den Käfig, und die Fee schoss heraus wie ein geölter Blitz. Sie reckte und streckte sich und wurde dabei immer größer. Als sie Ambers Maße erreicht hatte, seufzte sie.

„Es ist so eine Erleichterung, nicht mehr winzig sein zu müssen."

„Wenn du so groß werden kannst, warum hast du den Käfig dann nicht einfach zerbrochen?" Amber starrte sie mit weit aufgerissenen Augen an.

„Ich habe vor langer Zeit ein sehr dummes Versprechen abgegeben." Die Fee sah sich um. „Also, wie kommen wir jetzt in den Palast? Mit einem Kürbis?"

Das erinnerte Amber an die Kutsche, die Richard am Morgen abgeholt hatte, und sie kicherte.

„Wir brauchen ein anständiges Transportmittel." Die Fee nahm ihre Hand und zog sie die Treppen hinunter. Dabei entdeckte sie Ambers nackte Füße. „Und vernünftige Schuhe. Ach du meine Güte, deine Füße sind aber kräftig, nicht wahr?"

„Ist ganz praktisch, wenn ich laufen muss", sagte Amber und kicherte wieder.

Sie liefen durch die Küche in den Hof, der von einem Berg kaputten Spielzeugs dominiert wurde.

„Was? Kein Gemüse?" Die Fee sah sich verwundert um. „Aber jede Jungfrau in Nöten hat einen Gemüsegarten."

„Erstens bin ich keine Jungfrau in Nöten. Und zweitens hat niemand in der Stadt noch einen

Gemüsegarten. Dafür gibt es Bauern. Die verkaufen einem alles, was man braucht."

„Alles schön und gut, aber woher bekomme ich jetzt einen Kürbis, den ich in eine Kutsche verwandeln kann? Anderes Gemüse hält das nicht aus."

Amber hob eine Spielzeugkutsche auf. Sie funktionierte noch. Es fehlte nur das Pferd.

„Wenn du die ein wenig größer machen könntest, bitte ich den Nachbarn um sein Pony."

„Ah ja, das wird gehen." Die Fee wedelte mit dem Zauberstab, den sie aus dem voluminösen Rock zog. „Und mach dir keine Gedanken wegen eines Pferdes, mein Kind." Sie pfiff. Drei Tauben flogen herbei und landeten zu ihren Füßen. Sie berührte die Tiere mit dem Zauberstab und verwandelte sie so in ein Pferd und zwei livrierte Diener. Nun ja, sie sahen überwiegend wie ein Pferd und zwei Menschen aus. Riesige, weiße Flügel wuchsen ihnen aus den Schultern, die groß genug schienen, sie in den Himmel tragen zu können. So sehr Amber die Flügel auch gefielen, sie wusste, dass sie zu viel Aufmerksamkeit erregen würden.

„Kannst du nicht auf die Flügel verzichten?"

„Nein. Es würde ihnen die Möglichkeit nehmen, wieder zu Tauben zu werden. Aber ich kann sie unsichtbar machen." Die Fee schwenkte ihren Zauberstab noch einmal, und die Flügel verschwanden. Nur ab und an bemerkte Amber etwas Weißes am Rande ihrer Wahrnehmung, und einmal schien eine Feder zu Boden zu segeln.

Als nächstes berührte die Fee die Spielzeugkutsche, und sie wuchs zu einem ausgewachsenen Landauer heran. Das Verdeck war zurückgeklappt. Die Fee schlug mit den Flügeln und hüpfte auf einen Platz in der Kutsche. Amber stieg auf normalem Weg ein, wobei ihr einer der Diener half.

„Oh, ich habe die Schuhe vergessen." Die Fee zeigte auf Ambers Füße und ihre praktischen Arbeitsstiefel verwandelten sich in bläulich glitzernde Ballerinas aus Glas.

„Zerbrechen die nicht, wenn ich damit laufe?", fragte Amber.

„Garantiert nicht. Tief im Inneren wissen sie, dass sie immer noch Stiefel sind."

„Also ist es eher eine Illusion als eine echte Verwandlung?"

„Verwandlungen kosten viel mehr magische Energie, und in dieser Stadt gibt es nicht viel davon. Das meiste habe ich für die Vögel verbraucht." Die Fee schwang ihren Stab ein letztes Mal. „Dann lass uns zu diesem Palast fahren."

Das kleine Tor in der Gartenmauer streckte sich wie jemand, der gerade aufwachte. Dabei weitete es sich, bis es groß genug war, dass der Landauer hindurch fahren konnte. Das Pferd setzte sich in Bewegung.

Zehn Minuten später erreichten sie den Schlosshof. Ein Anflug von Bedauern packte Amber, als ihr klar wurde, dass die Fahrt schon vorbei war. Einer der Taubenmänner half ihr vom Wagen, während die Fee bereits wieder flog. Amber sah zu, wie die Kutsche zum angewiesenen Parkplatz rollte. Die meisten anderen Parkplätze waren mit Dampfwagen belegt.

„Worauf wartest du?" fragte die Fee. „Wir haben nicht die ganze Nacht Zeit."

Amber hob ihren Rock ein wenig an und eilte die Stufen hinauf. Oben warteten einige Gäste darauf, eingelassen zu werden. Wachen durchsuchten sie nach Waffen, bevor sie eintreten durften, auch so eine Neuerung, die früher nicht nötig gewesen war. Bevor sich Amber wegen ihrer nur mündlichen Einladung Gedanken machen konnte, kam ein junger Mann auf sie zu geeilt.

„Was für ein entzückendes Kleid, Madame." Er nahm ihre Hand und führte sie an den Wachen vorbei, die ihm kurz zunickten. Mit leiserer Stimme sagte er: „Richard bat mich, Sie abzuholen. Ich bin sein Butler und bester Freund. Wer ist die geflügelte Lady, die uns folgt?"

„Sie können sie auch sehen?" Ambers Augen weiteten sich. Sie hatte nicht damit gerechnet, dass jemand außer Richard noch an Feen glaubte. „Ich dachte, sie wäre für alle außer mir unsichtbar."

„Ich bin nur für die unsichtbar, die nicht an Magie glauben", sagte die Fee, ohne ihre Stimme zu senken. „Und davon gibt es in dieser Stadt nicht mehr viele. Das ist ein Grund, warum es so schwierig ist, hier zu zaubern." Sie seufzte. „Ich wünschte, wir könnten dies hier schneller hinter uns bringen, damit ich nach

Hause kann. Hier gibt es so wenig Magie, dass ich das Gefühl habe, ich schrumpfe."

Amber starrte sie eine Weile an, aber es gab keine Anzeichen dafür, dass sie wieder kleiner wurde. Wahrscheinlich machte sich die Fee zu große Sorgen. Aber sie wirkte gehetzt, ein Ausdruck, den sie im Käfig nicht gezeigt hatte.

„Hier entlang." Der Butler bog um eine Ecke in einen Flur, der von den Geräuschen des Balls weg führte. Amber war insgeheim erleichtert. Das reduzierte die Wahrscheinlichkeit, Rosa, Tante Elisabeth oder ihrem Stiefvater über den Weg zu laufen. Sie bogen wieder um eine Ecke, stiegen mehrere Treppen hinauf und hinunter, und wanderten durch zahlreiche Flure. Bald konnte Amber nicht mehr sagen, woher sie gekommen waren oder in welchem Stockwerk sie sich befanden. Endlich hielten sie auf eine große Tür zu.

„Richard wartet in diesem Raum auf Sie." Der Butler öffnete die Tür weit genug, um sie hindurch zu lassen. „Ich verabschiede mich jetzt. Diener sind auf dem Ball nicht erwünscht." Bevor Amber klar wurde, dass dies eine Seitentür zum Ballsaal war, schob er sie und die Fee durch die Tür und schloss sie wieder.

Sie befand sich in einem Raum so groß wie das Speisezimmer in ihrem Elternhaus. Vor sich entdeckte sie das Podest der königlichen Familie, das mit roten Vorhängen geschmückt war. Sie schirmten Amber vor dem größten Teil des Ballsaals ab. Sie sah sich nach Richard um. Etliche Höflinge eilten im Raum zwischen ihr und den Vorhängen hin und her, und von der anderen Seite erklang eine Stimme, die die ankommenden Besucher ankündigte. Irgendwo über ihr spielte leise Musik, aber Amber konnte nicht genug erkennen, um die genaue Position der Musiker auszumachen.

„Eine schöne Frau wie Sie sollte sich nicht hier hinten verstecken." Ein Mann mit einem Gesicht wie ein gesprenkeltes Ei und hellblonden, fast weißen Haaren, die wie Daunenfedern aussahen, packte ihre Hand und zog sie auf den Ballsaal zu. „Geben Sie mir die Ehre, mit mir zu tanzen."

Amber versuchte, ihre Hand zu befreien, aber der Mann ließ sie nicht los. Offensichtlich hatte der Butler einen Fehler gemacht, und Richard war doch nicht hier.

„Es tut mir leid, dich enttäuschen zu müssen, lieber Cousin, aber das ist meine Tanzpartnerin." Richards Hand packte das Handgelenk seines Cousins. „Lass los, sonst …"

„Oder was, Ersatzprinz?" Der weißhaarige junge Mann grinste Richard höhnisch an.

„Auch, wenn es dir nicht gefällt. Ich bin nun mal der Sohn meines Vaters."

Obwohl sie von der Tatsache geschockt war, dass Richard des Königs zweiter Sohn sein musste, bewunderte Amber seine Gelassenheit. Sie hätte am liebsten geschrien. Richard trat einen Schritt vor. Mit einem Schnauben ließ der Mann Amber los, und sie entspannte sich mit einem erleichterten Seufzer. Richard nahm ihre Hand und hauchte einen Kuss darauf, wie es nur ein Prinz konnte.

„Ich bin entzückt, dass du meiner Einladung folgen konntest." Seine Augen leuchteten, als er sie ansah. Ambers Herz raste. Er trat näher an sie heran und sagte: „Du siehst fantastisch aus. Auch wenn ich dich heute Morgen in deiner Arbeitskleidung noch unwiderstehlicher fand."

Er stand dicht genug bei Amber, dass sie seinen Duft von Zimt und Orangen bemerkte. Für einen Augenblick wünschte sie sich, sie hätte das Angebot der Fee angenommen. Doch dann erinnerte sie sich, dass Liebe nicht durch Magie gewonnen werden konnte. Sie seufzte und trat zurück. Überrascht sah Richard auf und bemerkte die Fee, die immer noch neben der Tür stand und mit dem Fuß den Takt der Musik begleitete.

„Wer ist die Dame in Pink, die du mitgebracht hast?" Richard sah die Fee direkt an. „Es überrascht mich, dass mein Cousin nicht sie ausgewählt hat für seinen Tanz. Er interessiert sich für gewöhnlich mehr für die elfengleichen Figuren."

„Vielen Dank für das Kompliment, junger Mann." Die Fee trat näher und erlaubte Richard, ebenfalls ihre Hand zu küssen. „Ich bin Fayrula, und Ihr Cousin konnte mich nicht sehen." Noch einmal erklärte sie die Sache mit der Unsichtbarkeit. „Und dieses Mädchen hier meinte, Sie könnten mich nach Hause bringen, ohne dass ich durch die vielen technischen Geräte zu Schaden komme, die im Königreich benutzt werden."

„Du hast den Beweis für Magie gefunden! Vielen, vielen Dank!" Richard legte die Hände um Ambers Taille und schwang sie herum. „Jetzt *muss* Vater mir glauben."

„Du vergisst, dass er sie nicht sehen kann", sagte Amber. Es fühlte sich merkwürdig an, den Prinzen einfach zu duzen, aber auch richtig.

„Aber das muss er. Ich brauche seine Erlaubnis für meine Expedition."

„Ihre Expedition?" Fayrulas und Ambers Stimmen klangen gemeinsam, was eine interessante Harmonie ergab.

„Ich plane schon seit längerem eine Studienreise, um Magie genauer zu untersuchen", sagte Richard. „Doch Vater ist besorgt, dass mir etwas zustoßen könnte, und lässt mich nicht gehen. Immerhin ist mein älterer Bruder so krank, dass es unwahrscheinlich ist, dass er sich je wieder erholen wird." Ein Schatten flog über sein Gesicht, den er mit einem Schulterzucken vertrieb, doch Amber bemerkte ihn, obwohl er mit gleichmäßigem Tonfall weitersprach. „Vater braucht mich als Thronerben."

„Thronerbe?" Panik hielt Einzug in Ambers Gefühlswelt und raubte ihr alle Kraft. Ihre Finger wurden kalt und ihr Magen verkrampfte. „*Du* bist … ich meine, *Sie* sind der Kronprinz?" Sie konnte sich nicht in den Kronprinz verlieben! Beim zweiten Sohn des Königs war ihre Chance schon gering gewesen, aber ein Kronprinz würde niemals eine simple

Spielzeugmacherin heiraten dürfen, selbst wenn er wollte, was längst nicht sicher war.

„Ersatzkronprinz, und bleib bitte beim du. Ich habe nämlich keine Lust auf den Thron. Meine Studien sind viel wichtiger, findest du nicht? Stell dir vor, was wir alles entdecken könnten, wenn wir uns auf den Weg machten. Einhörner, Drachen, Windsbräute, Trolle und vielleicht sogar bisher noch unbekannte Kreaturen."

„Es gibt ziemlich gefährliche Gestalten", warf Fayrula ein.

„Oh, ich nehme meinen Butler mit. Er ist genauso gut mit dem Schwert wie ich. Gemeinsam werden wir mit allem fertig."

„Bring mich nach Hause, und ich erfülle dir einen Wunsch", sagte die Fee, lauter als zuvor. „Aber nur einen einzigen." Sie streckte die Hand aus, und Amber erkannte die Ungeduld in ihrem Blick. Bevor Richard zugreifen konnte, zog sie ihn beiseite.

„Denk nach, bevor du zustimmst."

„Hier sind Sie, Hoheit." Ein älterer Mann in einer schwarzen Robe packte den Arm des Prinzen. „Die Vorstellung der Gäste ist vorüber. Seine Majestät besteht darauf, dass Sie jetzt den Ball eröffnen. Ah, wie ich sehe, haben Sie bereits eine passende Tanzpartnerin gefunden. Jetzt aber schnell." Er schob Amber und den Prinzen mit überraschender Kraft vor sich her.

Alles in Amber schrie nach Flucht, doch da Richard ihre Hand hielt und sie geschoben wurde, gab es keine Möglichkeit dafür. Schnell ließ sie ihren Schleier herunter.

„Warum der Schleier?", flüsterte Richard. Sie passierten eben den Vorhang, und er nickte seinen Eltern im Vorbeigehen zu. Amber fühlte sich, als stünde sie auf zwei linken Füßen, als sie einen Knicks versuchte. Als sie der Mann in schwarz endlich losließ, zog Richard sie weiter. Er bestand noch immer auf einer Antwort. „Der Schleier?"

„Meine Stieffamilie ist irgendwo hier im Raum, und ich möchte nicht von ihnen erkannt werden."

„Das verstehe ich." Richard blieb in der Mitte der Tanzfläche stehen. Die Musik begann und sie taten die ersten Schritte. Zu ihrer Überraschung fiel es Amber so leicht, sich seiner Führung anzupassen, als wäre sie zum Tanzen geboren. Sie trat nicht ein einziges Mal auf Richards Füße. Er lächelte sie an.

„Also, warum wolltest du, dass ich Fayrulas Angebot nicht annehme?"

„Nach allem, was ich weiß, halten sich Feen immer streng an die Vereinbarungen, die sie abgeschlossen haben. Wenn du also ihr Angebot annimmst, musst du sie nach Hause bringen, und anschließend wird sie dir einen Wunsch erfüllen."

„Ja, und?" Richard schwang sie im Takt der Musik durch den Saal, und Amber fühlte sich, als würde sie fliegen. Weitere Paare begannen zu tanzen.

„Du musst sie dazu kriegen, die Reihenfolge zu ändern. Zuerst den Wunsch, dann die Expedition."

Amber war sich seiner Hand in ihrem Rücken sehr bewusst. Vielleicht war ein so tiefer Rückenausschnitt doch keine gute Idee gewesen. Hitze breitete sich von seiner Hand in ihrem Körper aus, und sie fing an zu schwitzen. Je mehr Paare sich einreihten, desto kleiner schien die Welt zu werden. Sie zwang sich, sich auf den Gedanken zu konzentrieren, der sie bereits die ganze Zeit beschäftigte. „Wenn sie auf die umgekehrte Reihenfolge eingeht, kannst du dir die Heilung deines Bruders wünschen. Wenn der Thronerbe wiederhergestellt ist, ist dein Vater vielleicht einsichtiger, wenn du ihn wegen der Expedition fragst."

Richards Gesicht leuchtete auf wie ein Kronleuchter. Sein Mund öffnete und schloss sich, als wolle er etwas sagen, wisse aber nicht was. Als die Musik endete, zog er sie durch die Menge zu einer der Doppeltüren, die ins Freie führten. Hände griffen nach ihnen, und Menschen versuchten, seine Aufmerksamkeit zu erhaschen, aber er schob sie alle auf eine sehr höfliche Art beiseite.

Eine Frau schob sich direkt in seinen Weg und klimperte mit den Wimpern.

Es war Rosa.

Amber erstarrte.

„Würden Sie mir die Ehre erweisen, mit mir zu tanzen, mein Prinz?" Rosa presste sich an Richard, als wäre sie geschubst worden. Ihr üppiger Busen drückte gegen die Brust des Prinzen und gab ihm den geplanten Einblick.

Obwohl Amber schräg hinter Richard stand, konnte sie die verräterische Röte auf seinem Gesicht sehen. Sie versteifte sich. Kein Mann konnte einer solchen Brust widerstehen. Aus den Augenwinkeln erkannte sie das siegessichere Lächeln von Tante Elisabeth und die stolze Haltung ihres Stiefvaters.

Sie verpasste die Antwort des Prinzen, als ihr klar wurde, dass sie eine Hoffnung gehegt hatte, für die es keine Grundlage gab. Der Prinz schien sie zwar zu mögen, aber nicht mehr. Vielleicht sollte sie lieber gehen, als diesen unvernünftigen Traum weiter zu nähren.

Trotzdem folgte sie ihm wortlos, als er sie weiterzog. Wahrscheinlich würde er sie höflich irgendwo am Rand der Menge absetzen. Was hatte sie sich überhaupt dabei gedacht, her zu kommen? Als Rosa am Morgen vom Prinzen geredet hatte, hätte sie begreifen müssen, dass er der Besuch in ihrem Laden gewesen war. Es hätte ihr ein wundes Herz erspart.

„Sie sollten Ihre Schönheit nicht so verstecken, Madame." Ihr Schleier riss und hing in der Hand von Richards Cousin. Instinktiv befreite Amber sich aus Richards Griff und schlug beide Hände vors Gesicht. Sie drehte sich von dort weg, wo ihre Familie stand und eilte davon. Die Türen nach draußen waren nicht mehr weit.

Kalte Luft strömte in ihre Lungen, als sie den Ballsaal verließ. Sie befand sich auf einem Balkon, der die Hälfte der Vorderseite des Palastes einnahm. Die Stadt erstreckte sich vor ihr in die Nacht, und die neuen Straßenlaternen ließen es so aussehen, als wäre sie mit Diamanten besteckt. Eine Hand packte ihre Schulter und zog sie herum. Richard? Ihr Herz hämmerte so laut, dass er seine Frage wiederholen musste.

„Geht es dir gut?"

Sie nickte. Jetzt schon. Hatte sie Rosa und ihre Familie abgeschüttelt?

„Was ist mit meiner Stiefschwester?" Natürlich konnte er nicht wissen, von wem sie sprach. „Das Mädchen, das dich um einen Tanz gebeten hat."

Richards Gesicht verzog sich.

„Was für eine wichtigtuerische, eigensüchtige Person. Als ob ich mit so einer je tanzen würde. Jeder sieht doch auf den ersten Blick, dass sie längst verliebt ist … in sich selbst. Solche wie sie habe ich viel zu oft kennengelernt." Als er Amber wieder ansah, wurden seine Gesichtszüge weich. „Ich bevorzuge jemanden, der mich vor einem dummen Fehler bewahrt und gleichzeitig einen Weg findet, meinen Bruder zu retten."

Ambers Knie wurden weich. Sie hatte nicht die Kraft, ihm auszuweichen, als sich sein Gesicht langsam näherte. Als sich ihre Lippen trafen, explodierte Freude in ihr wie die bunten Kracher, die manche Menschen so gerne bei Geburtstagen verschossen. Er mochte sie, liebte sie vielleicht sogar … Ihre Lippen pochten, und sie hob die Arme, um sie um seinen Nacken zu legen. Doch bevor sie die Bewegung vollenden konnte, prallte eine menschliche Dampfmaschine mit einem Kreischen wie ein kochender Wasserkessel gegen sie.

„Das ist mein Prinz, du Trampel!"

Rosas Fingernägel hinterließen lange Striemen auf Ambers Brust, aber am schlimmsten war, dass sie über das Geländer des Balkons kippte. Verzweifelt griff sie nach etwas, irgendetwas, an dem sie sich festhalten konnte, aber da war nichts. Sie sah Richards ausgestreckte Arme, hörte das Stampfen der Stiefel der Wachen, die wahrscheinlich einen Angriff auf ihren Prinzen fürchteten, und sah Rosas zufriedenes Grinsen.

Angst packte Amber und verdrängte das leichte Ziehen der Kratzer. Alles in ihr schrie nach Hilfe. Sie wollte nicht sterben. Wie konnte Rosa so etwas tun? Sie waren doch Schwestern – jedenfalls beinahe.

Etwas Pinkfarbenes erschien neben ihr, und die Zeit blieb stehen. Nicht länger sauste sie dem Boden entgegen. Erleichterung schwappte durch sie wie eine Welle und wusch alle anderen Gefühle fort. Der Magie sei Dank würde sie gerettet werden!

„Da du die einzig vernünftige Person hier zu sein scheinst, schlage ich dir einen Handel vor. Bring den Prinzen dazu, meinen Handel anzunehmen und du wirst überleben." Schlagartig wirke Fayrula viel älter als zuvor. Ihre Haut schimmerte grau und ihr Kleid wirkte ausgebleicht. Was sie auch tat, es schien sie sehr anzustrengen. Ihre Hilfe anzunehmen war das einzig Vernünftige, aber Amber konnte es nicht lassen zu verhandeln, obwohl sie bewegungslos in der Luft hing. Schließlich wusste sie genau, wie sich Fayrula und Richard einig werden konnten. Und die Fee steckte in einer ähnlich furchtbaren Situation wie sie selbst gerade: Sie sah dem Tod ins Auge und hatte nur eine einzige Alternative. Amber schob den Gedanken beiseite und konzentrierte sich wieder auf die Fee.

„Ich kriege ihn dazu, deine Bedingungen anzunehmen, wenn du mit den Konditionen ein wenig flexibel bist."

„Ich werde ihm nur einen einzigen Wunsch erfüllen. Das wird schwierig genug." Fayrula schwitzte eindeutig.

„Ändere die Reihenfolge, zuerst den Wunsch, dann die Expedition, und er wird darauf eingehen." Für einen Moment fürchtete Amber, die Fee würde nicht zustimmen und sie fallen lassen, doch dann nickte sie und pfiff. Einmal.

Weiße Schwingen öffneten sich und zwei Männer flogen auf sie zu. Die Zeit kehrte zu ihrer normalen Geschwindigkeit zurück. Bevor Amber auch nur den Mund für einen Schrei öffnen konnte, packten sie die Männer und flogen mit ihr über die Dächer der Stadt davon. Sie sah noch, wie Fayrula dem Prinzen einen ihrer Glasschuhe zuwarf, bevor sie ihnen folgte.

Sie landeten im Hof ihres Hauses. Ambers Knie zitterten so sehr, dass sie sich sofort setzen musste. Es war ihr egal, dass das schöne Kleid dreckig wurde.

„Danke."

„Gurr", antwortete einer der Taubenmänner. Ihre beiden Retter zerflossen und wurden wieder zu Tauben, gerade als die Turmuhr am Rathaus Mitternacht läutete.

Amber lachte, bis sie weinen musste. Da sie scheinbar gar nicht wieder aufhören konnte, gab ihr Fayrula eine Ohrfeige.

„Was stimmt denn nicht mit dir?", fragte die Fee. „Weißt du denn nicht, dass ich etwas zu erledigen habe?"

„Doch." Amber versuchte, sich zu beruhigen, hatte aber wenig Erfolg. „Aber das hier ist … es ist wie in einem verrückten Märchen. Die ungeliebte Stieftochter geht zum Ball des Prinzen, erregt seine Aufmerksamkeit und verschwindet schlag Mitternacht. Bist du sicher, dass du die Ereignisse nicht beeinflusst hast?"

Fayrula lächelte und ließ sich neben Amber nieder.

„Ich wünschte, ich hätte es tun können, aber hier liegt so wenig Magie in der Luft, dass ich es nicht konnte, selbst wenn ich es gewollt hätte. Aber manchmal entsteht Magie aus dem Nichts. Darin unterscheidet sie sich von all eurer Technik."

„Willst du damit sagen, dass dieser Abend Magie hat entstehen lassen? Aber warum?"

„Die stärkste Magie entsteht, wenn sich zwei Menschen in Liebe näher kommen. Was glaubst du, warum sich so viele gute Feen in Liebesdinge einmischen? Ohne eure offensichtliche Zuneigung hätte ich dich nicht retten können."

Amber war sprachlos.

„Können wir jetzt in dein Zimmer zurückgehen?" Fayrula sah so müde aus, dass Amber sich fragte, ob sie die vielen Stufen überhaupt schaffen würde. Die

Fee stand auf und reichte ihr die Hand. „Ich muss in den Käfig zurück."

„Warum?" Amber stand ohne ihre Hilfe auf.

„Ich weiß nicht, wie es funktioniert, aber solange ich die Gitterstäbe nicht anfasse, scheint der Käfig irgendwie zu verhindern, dass ich zu stark von eurer Technologie beeinträchtigt werde." Fayrula ging auf das Haus zu und wurde mit jedem Schritt kleiner.

„Meinst du wie bei einem Blitzableiterkäfig?" Amber hob sie auf und lief zum Haus.

„Was auch immer das ist." Fayrula rollte sich auf ihrer Hand zusammen und schlief ein. Amber eilte die Treppen vom Garten ins Wohnzimmer hinauf. Zum Glück war die Terrassentür noch offen. Wegen ihres unbeschuhten Fußes war sie froh, dass sie die steinigen Gartenwege hinter sich gelassen hatte.

Im Vorbeigehen schnappte sie sich ein kleines Federkissen vom Sofa im oberen Flur, eilte in ihr Zimmer, stopfte es in den Käfig und legte die Fee sanft darauf. Hoffentlich reichte das, um ihre magische Freundin zu retten. Da sie nicht wollte, dass sich Fayrula eingesperrt fühlte, wenn sie aufwachen würde, ließ sie die Käfigtür offen.

Dann machte sie sich nachtfertig und krabbelte in ihr eigenes Bett. Aus tiefstem Herzen hoffte sie auf eine magische Heilung der Fee. Der Tag war anstrengend gewesen und so schlief sie bald ein.

Sie erwachte von Türenschlagen und lautem Geschrei.

„Du hast verdammt viel Glück gehabt, Rosa." Das war ihr Stiefvater.

„Ich hab nichts getan. Der Prinz hat sich was eingebildet. Er ist verrückt. Du solltest den König verklagen."

„Wenn du nicht sofort deine Klappe hältst, verpasse ich dir etwas zum Klagen auf den nackten Hintern!"

Und so ging es weiter. Ein leises Klopfen zwang Amber dazu, sich aufzusetzen. Sie wusste, wer das war.

„Komm herein, Lilly."

„Du meine Güte, ich bin so froh, dass du noch lebst." Ihre Schwester huschte herein und drückte sie fest an sich. Tränen liefen ihr über das Gesicht, und sie hatte einen Schluckauf vom Weinen. „Keine Ahnung, wie du das gemacht hast, aber … meine Güte … habe ich mir Sorgen gemacht, als ich dich über die Brüstung fallen sah …"

„Warum wurde Rosa nicht verhaftet?" Amber wollte ihre Stiefschwester nicht wirklich im Gefängnis sehen, aber seltsam war es schon.

„Als sie deine Leiche nicht finden konnten, ging man davon aus, dass ich mir etwas eingebildet habe." Lilly setzte sich aufrecht hin und wischte sich über das Gesicht.

„Was ist mit Rich… dem Prinz. Er hat doch auch alles gesehen."

„Er war irgendwie geistesabwesend. Hat die ganze Zeit mit so einem Schuh herumgespielt." Lilly schüttelte den Kopf. „Er hielt ihn an sich gepresst und starrte hinunter auf die Stadt, als wäre er verhext."

Mit einem Lächeln sank Amber zurück in ihr Kissen.

„Danke, dass du mich gezwungen hast, hinzugehen. Ich hatte eine tolle Zeit, bis Rosa mich geschubst hat."

Lilly legte den Kopf schief.

„Hast du dir wehgetan, als du auf dem Boden aufgeschlagen bist?"

„Nicht wirklich. Ich habe Glück gehabt." Amber gefiel es nicht, ihre Schwester anzulügen, aber sie war sicher, dass Lilly die Wahrheit niemals glauben würde.

„Da bin ich aber froh. Ich wüsste gar nicht, was ich ohne dich tun würde!" Schon wandten sich Lillys Gedanken wieder einem anderen Thema zu. „Weißt du was? Ich habe auf dem Ball einen jungen Adeligen kennengelernt, und der ist soooo süß! Und was noch viel besser ist, er mag mich so sehr, dass er mich für morgen Abend zum Essen eingeladen hat."

„Das sind ja tolle Neuigkeiten." Amber setzte sich erneut auf. Sie hatte bemerkt, dass die Fee zu sich kam. Gerade überlegte sie, wie sie Lilly loswerden konnte, als die Stimme ihres Stiefvaters von unten herauf donnerte.

„Lilly, komm sofort her! Beeilung! Das ist vielleicht deine letzte Chance." Er schien extrem aufgeregt. „Rosa, in dein Zimmer."

„Aber er ist *mein* Prinz, und ich habe die zierlichsten Füße."

Was hatte der Prinz mit zierlichen Füßen zu tun? Amber schwang sich aus dem Bett und begleitete Lilly bis zur Balustrade, die den Flur des Obergeschosses von der großen Halle im Erdgeschoss trennte. Sie sah nach unten, aber dort war nicht genug Licht, um die ganze Halle zu sehen.

„Was ist denn los?"

„Ich hab dir doch gesagt, dass der Prinz einen Schuh an sich gedrückt hat, oder? Einen Tanzschuh aus Glas." Lilly ging absichtlich langsam die Treppe hinab. „Er hat geschworen, nur die zu heiraten, der der Schuh passt."

„Ja und?"

„In dem Moment, als er den Schwur getan hatte, lief der Schuh von alleine in die Stadt … na ja, hüpfen wäre wohl richtiger. Da muss eine ziemlich irre Technik dahinterstecken." Lilly winkte ihr mit einem traurigen Lächeln zu. „Jetzt hat Rosa all ihre Hoffnungen darauf gesetzt, dass er bei uns anhält, und Tante Elisabeth wollte uns Bescheid geben, wenn er sich unserer Straße nähert. Und du weißt ja, wie Papa immer alles tut, was Rosa will."

Als Lilly die halbe Treppe hinter sich hatte, ging Amber schmunzelnd in ihr Zimmer zurück, zog ihre Arbeitskleidung an und starrte nachdenklich ihre großen Füße an. Ihr beim Prinz verbliebener Schuh würde Rosa sicher nicht passen. Nachdenklich betrachtete sie die kleine Fee, die sich gerade die Augen rieb.

„Das hast du getan, nicht wahr?"

„Ich musste doch sicherstellen, dass dich der Prinz schnellstens findet, damit du die Details des Handels festmachen kannst." Fayrula gähnte. „Ich war viel zu lange von zu Hause weg."

Fäuste hämmerten gegen die große Eingangstür in der Halle. Die Stimme ihres Stiefvaters klang bis zu ihr hinauf, als er sie wohl persönlich öffnete. Amber wunderte sich, dass von Rosa nichts zu hören war. Wahrscheinlich zog sie sich für diese besondere Gelegenheit noch schnell um.

Amber band die Schnürsenkel ihres verbliebenen Stiefels zu und marschierte mit Fayrula auf der Schulter zur Treppe. *Richard ist da.* Sie staunte, wie glücklich sie dieser Gedanke machte, während sie die Treppe hinunter eilte.

Sie hielt an, als sie schließlich die gesamte Szene überblicken konnte. Mehrere Wachen blockierten die weit geöffnete Eingangstür. Richard stand neben seinem Butler, der ein Samtkissen trug. Der Butler kniete sich gerade auf den Boden und hielt den Schuh aus Glas bereit, damit er anprobiert werden konnte.

„Wieso die Scharade?", fragte sie die Fee. „Richard weiß doch, wer ich bin."

„Na ja, es muss schon ein wenig nach Märchen aussehen, oder?" Fayrula grinste. „Immerhin sollen seine Eltern die Magie zwischen euch auch akzeptieren."

„Hier ist eine meiner Töchter." Ambers Stiefvater schob Lilly nach vorne, die aussah, als hätte sie einen Molch verschluckt. Auch Richard wirkte wenig begeistert, und sein Gesicht wurde noch länger, als Ambers Stiefvater fortfuhr: „Die andere kommt gleich.

Es ist ihr Schuh. Leider ging der zweite auf der Rückfahrt kaputt. Wir mussten die Scherben wegwerfen."

Rosa schwebte an Amber vorbei und rammte ihr den Ellenbogen in die Rippen, sodass sie nach Luft schnappen musste.

„Aus dem Weg", zischte Rosa, als sie das letzte Stück der Treppe hinunter segelte. Unten angekommen sprach sie lauter. „Wie nett von Ihnen, mir meinen Schuh zurückzubringen." Sie hob ihren Rock und präsentierte einen zierlichen Fuß in einem weißen Strumpf.

„Sie sehen nicht so aus wie das Mädchen, nach dem ich suche." Richards Stimme war leise und angespannt. „Im Gegenteil. Sie erinnern mich an die Harpyie, die die Liebe meines Lebens angegriffen hat. Ich würde lieber Ihre Schwester den Schuh anprobieren lassen, als zu glauben, dass es Ihrer ist."

Richards Worte fielen wie Steine, gefolgt von einer angespannten Stille. Ambers Herz fühlte mit ihm. Und mit Lilly. Sie wusste, dass ihre Schwester kreuzunglücklich sein würde, sollte ihr dieser Schuh passen. Doch der Schuh hatte seinen eigenen Kopf … na ja, wohl eher Fuß. Er wand sich aus dem Griff des Butlers und begann, die Stufen hinauf zu hüpfen. Mit jedem Schritt veränderte er sich. Mit jedem Schritt sah er weniger wie ein Glasschuh aus und mehr wie ihr zweiter Stiefel. Amber lächelte. Sie konnte es nicht verhindern.

Rosa griff nach dem Schuh, aber mit der geschnürten Taille und den Reifröcken hatte sie keine Chance, ihn zu erwischen, zumal er ihren Händen mit Leichtigkeit auswich.

Langsam ging Amber die Treppe weiter hinunter, bis der Stiefel sie erreichte. Dann hob sie den Rand ihres Arbeitskleides und zeigte ihren zweiten Stiefel vor. Der verzauberte Schuh kippte um und blieb still liegen.

„Wie lieb von dir, so schnell zu kommen, Richard."

„Liebste!" Die Erleichterung in Richards Gesicht war überdeutlich zu erkennen.

Rosa schrie vor Wut auf und drehte sich um, um anzugreifen, aber dieses Mal war Amber vorbereitet. Sie tauchte unter dem Arm ihrer Schwester hindurch und huschte die letzten Stufen hinunter.

Ohne Rücksicht auf das, was schicklich war, lief ihr der Prinz entgegen. Er schlang seine Arme um sie und drückte sie so fest, dass sie kaum atmen konnte. Aus den Augenwinkeln sah sie Rosa erneut auf sie zu stürmen, doch bevor sie das Paar erreichen konnte, packten zwei Wachen ihre Arme und hielten sie fest. Sie kämpfte vergeblich schreiend dagegen an. Alle anderen Anwesenden standen mit aufgerissenen Augen wie erstarrt da und rührten sich nicht.

„Bringt sie raus." Richards Blick wich nicht von Amber. „Vielleicht kühlt sie dann ab."

Er küsste Ambers Haare und flüsterte: „Als ich die Engel sah, war ich mir ganz sicher, dass du gestorben warst, aber dann bestand der Schuh darauf, zu gehen. Ich … ich schwankte ständig zwischen Hoffen und Bangen. Tue das niemals wieder. Versprochen?" Seine

Arme drückten Amber noch stärker, so dass Amber um Atem rang.

„Keine Luft." Als er endlich locker ließ, lachte sie. „Ich bin so froh, dich zu sehen." Sie zeigte auf die Fee. „Ich denke es wird Zeit, sie nach Hause zu bringen, meinst du nicht auch?"

„Da mein Bruder im Sterben liegt, ist mein Problem immer noch dasselbe."

„Hat dein Vater nicht angefangen, an Magie zu glauben, als der Schuh von alleine lief?" Ambers Lächeln wurde breiter. „Was für ein Sturkopf. Umso besser, dass du mich hast."

Seine Augenbrauen hoben sich fragend.

„Ich konnte die Fee davon überzeugen, dass sie dir den Wunsch noch vor der Abreise gewährt. Wenn ihre Magie ausreicht, wird sie deinen Bruder heilen. Dann kannst du endlich auf Forschungsreise gehen. Das hatte dein Vater doch versprochen oder?"

Für einen Moment stand Richard da wie erstarrt, dann packte er Ambers Gesicht mit beiden Händen und küsste sie. Sofort fühlte sich Amber, als stünde sie in Flammen. Sie warf ihre Arme um ihn und erwiderte den Kuss energisch. Als sie sich endlich trennten, weil sie atmen mussten, nahm Richard ihre Hände und fragte: „Willst du meine Frau werden?"

Etwas explodierte in Ambers Brust und strahlte in ihren ganzen Körper aus, so als würde die Welt nichts Schlimmes mehr enthalten. Trotz des breitesten

Lächelns, dessen ihr Gesicht fähig war, schüttelte sie den Kopf.

„Bist du verrückt? Wir haben uns vor einem Tag das erste Mal getroffen, und du weißt nicht einmal meinen Namen. Meinst du nicht, wir sollten uns erst ein wenig besser kennenlernen, bevor wir heiraten?"

Widerwillig nickte er. „Was schlägst du vor?"

„Zunächst ist mein Name Amberline, aber alle rufen mich Amber. Das darfst du natürlich auch. Zweitens würde ich zu gerne mit auf die Expedition." Mit angehaltenem Atem wartete Amber auf die Antwort. Sie fand sie in seinen Augen, die vor Glück strahlten.

Nach einem langen Schweigen gingen sie Hand in Hand zur Tür.

„Wir werden den Käfig aus meinem Zimmer brauchen. Er schützt die Fee irgendwie", sagte Amber. Nachdem Richard seinen Butler gebeten hatte, ihn zu holen, und Amber ihm den Weg zu ihrem Zimmer gewiesen hatte, fragte sie: „Werden wir reiten oder mit der Kutsche fahren?"

„Wenn du nichts dagegen hast, bevorzuge ich das Reiten", sagte Richard. „Wirst du das aushalten?"

„Ich bin lernfähig." Amber strahlte ihn an.

„Herzliche Glückwünsche, Amber." Lilly war die Erste, die sie ansprach. „Ich weiß, dass du schon längst von hier weg wolltest. Du warst in unserer Familie immer die Abenteuerlustige."

Insgeheim amüsiert von Lillys erstauntem Gesichtsausdruck, umarmte Amber sie. Dann wandte sie sich an ihren Stiefvater. „Übrigens habe ich kürzlich erfahren, dass dies mein Haus ist, nicht deines. Ich will, dass Rosa heute Mittag verschwunden ist. Lilly und du, ihr könnt bleiben, aber Rosa wird nie wieder einen Fuß in dieses Haus oder in meinen Laden setzen. Ist das klar?"

Der Mund ihres Stiefvaters öffnete und schloss sich, aber es kam kein Ton über seine Lippen.

„Du wirst in meinem Laden arbeiten und dafür sorgen, dass immer genug Ware da ist. Ich zahle dir ein Gehalt, das deinen Lebensunterhalt decken sollte, solange mir der Verwalter, den ich einsetzen werde, bestätigt, dass du gute Arbeit leistest." Amber wandte sich an Lilly. „Würdest du dich um meinen Laden kümmern, bis ich wieder da bin?"

„Darf mir mein Verehrer helfen? Als ich ihm gestern erzählte, dass wir einen Spielzeugladen haben, wurde sein Blick ganz schwärmerisch."

Amber nickte und drückte sie noch einmal.

„Wo soll Rosa denn hin?" Ihr Stiefvater klang besorgt. „Sie ist doch auch meine Tochter."

„Schick sie zu Tante Elisabeth. Sie verdienen einander." Amber drehte sich zu ihrem Prinzen um. „Und jetzt lass uns gehen und deinen Bruder retten. Wir müssen eine Expedition vorbereiten."

BONUS-GESCHICHTE: DER FLUCH DER ZIEGE

angelehnt an „Tischlein deck dich!"

Frank legte letzte Hand an den Kuchen, den er für seinen Bruder gemacht hatte. Sechs Scheiben Brot hatte er darin verarbeitet, und dazu Rosinen, einen Pfannkuchen aus Ei und Milch, ein wenig Marmelade, die noch vom letzten Jahr übrig geblieben war und einen kleinen Schluck von Vaters Selbstgebranntem. Sie konnten sich keine echte Mannweihe leisten, aber heute wurde Gerd sechzehn, und so hatten sie wenigstens etwas Besonderes.

„Schade, dass Otto nicht hier ist", sagte sein Vater, als er hereinkam und einen Berg Kaminholz neben den offenen Herd fallen ließ. Holz, das ihnen im Winter fehlen würde. „Ich vermisse ihn so sehr."

Frank verkniff es sich zu fragen, warum er seinen Ältesten überhaupt fortgejagt hatte. So oft er auch fragte, er bekam nie eine zufriedenstellende Antwort.

Er steckte die winzige Kerze in die Mitte des Kuchens, die er von seinem letzten Geld gekauft hatte, als die Tür mit einem Krachen aufflog.

„Ich bin da! Und zwar noch vor dem Regen." Gerd sprach immer so laut, als lebten sie in einem riesigen Haus, aber diesmal übertönte das Meckern der Ziege seine Worte beinahe. Nachdem er seinen Filzhut aufgehängt hatte, drehte er sich um, um die Ziege in ihren Stall am anderen Ende des Zimmers zu bringen. Frank zündete die Kerze an.

„Warte." Vater packte Gerds Arm und zog ihn samt Ziege zurück zum Feuer. „Hat die Ziege gut gefressen?"

Frank runzelte die Stirn. Das hatte Vater noch nie gefragt, und Gerd hütete die Ziege seit Otto verschwunden war.

„Ich muss wissen, ob du die Ziege gut versorgt hast." Vater starrte Gerd an, als hinge sein Leben davon ab. Frank bemerkte ein rötliches Flackern in seinen Augen, wahrscheinlich die Reflektion des Feuers im Herd.

„Klar doch." Gerd grinste. „Ich habe sie in die Ausläufer der Berge in der Nähe des Waldes geführt. Für die Flächen hat der Graf keine Einschränkungen erlassen, und das Gras ist besser als auf der Dorfweide."

„Der Wald ist gefährlich." Sorge klang in Vaters Stimme.

„Weiß ich." Gerd klopfte ihm auf die Schulter. „Aber ich bin immer vorsichtig." Er brachte die Ziege zu ihrem Verschlag, wusch sich die Hände im Wasserbecken neben der Tür und kam zum Tisch zurück.

„Mann! Ein Kuchen." Er umarmte Frank. „Was für 'ne tolle Überraschung. Wie hast du den nur hinbekommen?"

Frank versuchte, nicht darüber nachzudenken, wie klein der Kuchen doch für drei Personen war, als er ihn teilte und dabei erklärte, wie er ihn gebacken hatte. Aus den Augenwinkeln sah er seinen Vater neben dem Verschlag der Ziege stehen und sie betrachten. Er rief ihm zu: „Der Kuchen ist fertig. Kommst du?"

Es schien, als verließe ihr Vater die Ziege nur widerwillig.

Die Zeit flog, und der Kuchen schrumpfte und verschwand vollständig in den hungrigen Mündern. Er war gut genug, um den Geschmack des aus Eicheln gebrauten Kaffees erträglich zu machen. Sie redeten über die wenigen Neuigkeiten, die die Dorfbewohner immer wieder besprachen, seit vor einem halben Jahr der fahrende Händler wieder abgereist war. Als das Fest vorüber war, durfte sich Gerd am Feuer ausruhen, während Frank das Geschirr wusch. Irritiert stellte er fest, dass sein Vater schon wieder bei der Ziege stand. Er ging hinüber und legte seine Hand auf den Arm seines Vaters.

„Hat er dich gut versorgt?" Die Stimme seines Vaters klang gepresst, als spräche er die Worte nicht freiwillig. „Bist du glücklich, liebste Ziege?"

„Wie kann ich glücklich sein?" Zu Franks großer Überraschung antwortete die Ziege. „Er jagte mich über Stock und Stein, zwang mich, über Bäche zu hüpfen und unter den verfluchten Bäumen zu gehen. Ich fraß keinen Halm."

„Gerd!" Vater schoss herum. Erneut fiel Frank der rote Schimmer in seinen Augen auf. Als sein Blick die Ziege streifte, die unglücklich und verlassen dastand, bemerkte er denselben Schimmer in ihren Augen.

Vater sauste durchs Zimmer wie ein Dampfwagen. Er packte seinen Sohn am Kragen, riss ihn vom Hocker und schüttelte ihn. „Was habe ich dir über das Lügen gesagt?"

Frank klappte der Mund auf. Niemals in den fünfzehn Jahren seines Lebens hatte er seinen Vater je so wütend gesehen, dass er handgreiflich geworden wäre.

„Verlass mein Haus. Sofort!" Vater öffnete die Tür und schubste Gerd hindurch, egal wie sehr sein Sohn auch protestierte. Er ließ ihn draußen in den Matsch fallen, schloss die Tür und verriegelte sie von innen. Dann ging er zu dem Hocker am Feuer und setzte sich.

„Lass mich rein." Gerd hämmerte gegen die Tür. „Ich habe nicht gelogen. Das schwöre ich! Bitte, Vater, lass mich rein."

Vaters Schultern sanken herab, aber er bewegte sich nicht. Frank stand wie angewurzelt, hin und hergerissen zwischen seinem Wunsch, den Bruder hereinzulassen, und seiner Angst vor dieser unbekannten Seite seines Vaters. Endlose Minuten später hörte Gerd auf, gegen die Tür zu schlagen.

„Schön", schrie er. „Aber glaub ja nicht, dass ich jemals wiederkomme, Vater."

Frank hörte das Schmatzen seiner Schritte, als er davon ging. Das riss ihn endlich aus seiner Leblosigkeit. Schnell schnappte er sich alles an Lebensmitteln, was er auf die Schnelle finden konnte, was nicht viel war, und wickelte es mit Gerds Ersatzhose in die fadenscheinige Decke von seinem Bett. Zu seiner Überraschung versuchte sein Vater nicht, ihn davon abzuhalten. Er saß neben dem Feuer wie ein Mann, der den Krieg verloren hatte. Frank schnürte alles fest zusammen, entriegelte die Tür und rannte seinem Bruder nach. Den Regen ignorierte er. Da es nur einen Weg gab, den Gerd genommen haben konnte, holte er ihn nach kurzer Zeit ein. Als er ihm das Bündel reichte, war er nicht sicher, ob Gerds Wangen wirklich nur vom Regen feucht waren. Er versuchte, ihn zu trösten.

„Irgendwas Merkwürdiges ist mit Vater passiert. Er benimmt sich, als wäre er verflucht." Er drückte Gerd, und sein Bruder klammerte sich an ihn, als wäre *er* der Jüngere.

„Ich werde nie zurückkommen können." Gerds Stimme war ungewöhnlich leise.

„Das ist nicht wahr." Frank tat sein Bestes, um ihm trotz der Umstände und des miesen Wetters Mut zuzusprechen. „Das ganze Jahr hat Vater gejammert, wie sehr er Otto vermisst. Such dir eine Arbeit und komm uns dann besuchen. Ich bin mir sicher, dass er dann wieder anders ist. Ich habe ihn noch nie so erlebt."

„Du warst bei Oma, als Otto gehen musste. Damals hat er sich ganz genauso benommen." Gerd ließ ihn los und hob das Bündel auf, das er fallengelassen hatte. Dann wandte er sich zum Gehen. „Ich lass dich wissen, wo ich unterkomme. Danke für die Sachen."

Frank sah ihn auf das Dorf zu gehen bis die Nacht seine Silhouette verschluckte. Und die Feuchtigkeit auf seinen Wangen war definitiv kein Regen.

Frank brauchte mehrere Tage, um sich an seine neuen Aufgaben zu gewöhnen. Es war zwar nicht schwierig, die Ziege zu den Weiden am Wald zu führen, aber der Schmerz in seinem Herzen war schwer zu ertragen. Er weigerte sich, mehr zu sagen, als unbedingt nötig. Als seine Traurigkeit langsam nachließ, beschloss er, herauszufinden, was genau passiert war. Da sich sein Vater kaum an die Ereignisse der Nacht erinnern konnte, fragte er die Ziege.

Ihr weißes Fell stand in einem netten Kontrast zum Grün der Wiesen. Wie Gerd brachte er sie am liebsten zu den Wiesen am Wald, wo es der Graf nicht wagte, Besitzansprüche zu stellen. Als sie genug gefressen hatte, zog er das große Küchenmesser aus der Tasche. Er hielt es an der Seite seines Körpers versteckt, die die Ziege nicht sehen konnte, da sie auf seiner anderen Seite graste. Er hatte das Messer am Vortag geschliffen und nun glänzte die Klinge in der Sonne.

Er wartete unter einem Baum, bis sie nahe genug herangekommen war, dann packte er ein Horn, drehte ihren Kopf zur Seite, presste das Messer gegen ihren Hals und sagte: „Ich weiß, dass du sprechen kannst.

Ich habe dich an dem Tag gehört, an dem Vater Gerd hinausgeworfen hat. Warum hast du ihn angelogen?"

Das Tier zitterte und meckerte, also presste er das Messer etwas fester gegen das weiche Fell.

„Ich darf nicht mit dir reden." Die Ziege zappelte heftig, aber Frank war stark. „Bitte lass mich los."

„Warum hast du meinen Vater angelogen?"

„Das musste ich. Es ist Teil des Fluchs, der auf mir lastet." Frank zog das Messer ein Stück zurück, und die Ziege fuhr fort. „Mein Fluch zwingt mich, auf alle Fragen, die mir jemand am Abend des sechzehnten Geburtstags meines Hirten stellt, mit Lügen zu antworten. Er zwingt auch die Eltern dazu, ihren Sohn zu verstoßen. Die meisten kehren nie zurück."

„Warum läufst du nicht davon?" Frank ließ ihr Horn los. „Du könntest im Wald wohnen."

„Ich bin eine Ziege." Das Tier setzte sich auf seine Hinterbeine. „Es gibt Wölfe und Luchse im Wald. Ich würde nicht einen Tag überleben."

„Was tust du, wenn alle Hirten fortgejagt wurden?" Frank setzte sich ebenfalls in Gras und legte den Kopf schief. Dabei spielte er mit seinem Messer.

„Ich muss deinen Vater verlassen und mir eine neue Familie suchen, die wenigstens einen Sohn hat." Der Kopf der Ziege sank herab, und Frank entdeckte eine Träne, die ihr ins Fell ihrer Schnauze sickerte. „Ich hasse, hasse, hasse meinen Fluch."

„Kann man ihn nicht brechen?"

Die Ziege zuckte mit den Schultern, was ziemlich seltsam aussah bei all dem Fell.

„Lass mich das zusammenfassen", sagte Frank. „Wenn ich sechzehn werde, wird dein Fluch dich zwingen, meinen Vater zu belügen, und er wird mich genauso fortjagen, wie Gerd und Otto, ganz egal wie sehr er uns liebt?"

„Ja."

„Und direkt danach musst du fortlaufen, um das gleiche Unheil zu einer anderen Familie zu tragen?"

„Ja."

„Das heißt, uns bleiben nur sehr wenige Möglichkeiten." Frank sah auf das Messer in seiner Hand. „Wir könnten aus dir einen Braten machen …"

„Das würdest du doch nicht tun, oder?" Die Ziege trat ein paar Schritte zurück. Die Augen in ihrem haarigen Gesicht waren weit aufgerissen und ihre Nasenflügel zitterten.

„Nur als letzten Ausweg." Frank grinste und gab sich Mühe, dabei keine Zähne zu zeigen. Er wusste, dass die wenigen sprechenden Tiere, die es noch gab, das Entblößen der Zähne als Drohung ansahen. „Aber wir haben noch zwei weitere Möglichkeiten. Wir könnten dich zum Beispiel verkaufen."

„Das wird schwierig." Die Ziege sah nicht so aus, als hätte sie sich beruhigt, aber sie tat ihr Bestes, um wenigstens so zu wirken. „Nur jemand mit Söhnen wäre in der Lage, mich zu kaufen, und so würdest du sicher nicht den Preis bekommen, der dir vorschwebt."

„Und wir hätten keine Ziege mehr, die uns Milch gibt. Nicht zu reden von der Tatsache, dass wir das Problem dadurch einem anderen aufhalsen." Frank stand auf und steckte das Messer weg. „Was passiert, wenn ich gehe, bevor mich mein Vater fortjagen kann?"

„Ich weiß nicht, ob der Fluch das zulassen würde. Du bist doch dazu verpflichtet, auf mich aufzupassen. Aber es hat noch nie jemand versucht, also kann ich es dir nicht sagen."

„Was, wenn ich dich mitnehme? Genaugenommen würde ich dann noch immer auf dich aufpassen, oder?" Je länger er über diese Idee nachdachte, desto besser gefiel sie ihm. Die Ziege schwieg. Er klopfte ihr auf den Rücken. „Wir werden es versuchen. Komm mit nach Hause. Ich muss Vater einiges erklären."

„Bist du sicher, dass du das tun willst?" Vater wischte sich verstohlen eine Träne von der Wange. Durch die offene Tür zog eine kalte Brise und kündigte den kommenden Winter an, aber die Sonne war willkommen. Sie gestattete, auf das Anzünden einer Lampe zu verzichten. „Du bist mein letzter Sohn. Was ist, wenn du auch nicht zurückkommst?"

„Ich hab dir doch gesagt, dass es nicht deine Schuld ist, dass du Otto und Gerd verjagt hast. Im nächsten Frühling müsstest du dasselbe mit mir tun." Frank stopfte sein zweites Paar Socken in sein Bündel. „Ich finde meine Brüder und kläre sie über den Fluch auf.

Ich bin mir sicher, dass sie dann mit mir nach Hause kommen werden."

„Ich werde dich so vermissen." Vater umarmte Frank und drückte ihn fest. „Komm heil nach Hause. Wie lange, glaubst du, wird das dauern?"

„Das kommt darauf an, wohin sie gegangen sind. Ich muss sie vermutlich eine Weile suchen. Aber ich komme wieder. Das verspreche ich." Frank nahm ein altes Stück Seil als Leine für die Ziege und ging durch die Tür. Das Tier und sein Vater folgten ihm. An der Haustür blieb der Vater stehen.

Frank nahm den Weg, der den Berg hinab zum Dorf führte, und winkte an jeder Wegbiegung zurück, bis sein Vater und sein Zuhause nicht mehr zu sehen waren.

Im Dorf konnte ihm ein Bäcker sagen, wohin sich Gerd gewendet hatte, da er an jenem Morgen dieselbe Straße entlanggegangen war, um zur Arbeit zu kommen. Frank dankte ihm und wanderte weiter. Auf der Reise sprach er mit der Ziege oft über den Fluch, der auf ihr lastete. Aber immer wenn er sie fragte, wer sie verflucht hatte oder was genau der Zauber bezwecken sollte, hörte er statt Worten nur das Gemecker einer normalen Ziege.

In den ganzen drei Wochen, die er brauchte, um seinen Bruder ausfindig zu machen, kam er mit dem Fluch keinen Schritt weiter.

Gerd arbeitete in einer Mühle und freute sich sehr, ihn zu sehen. Als der Müller hörte, wer Frank war, erlaubte er ihnen, sich auf eine Bank in der Sonne zu setzen und holte ihnen sogar Kaffee.

„Es ist schön, dich hier zu haben." Gerd drückte Frank. „Ich dachte schon, ich würde dich nie wieder sehen."

„Vater schickt liebe Grüße." Frank bemerkte Gerds gerunzelte Stirn und beeilte sich, die Sache mit dem Fluch zu erklären. Er beendete seine Erzählung mit den Worten: „Vater bittet dich, wieder nach Hause zu kommen. Er ist ganz verzweifelt über das, wozu ihn der Fluch gezwungen hat."

„Ich bin so froh, das zu hören." Gerd strahlte. „Ich werde ihn besuchen, sobald ich kann. Aber ich habe gerade erst meine Ausbildung beim Müller angefangen und bekomme nur einen Tag pro Monat frei."

„Vater wird warten. Verdienst du auch Geld?" fragte Frank.

„Ein wenig, warum?"

„Du könntest ihm einen Brief schicken. Er kann nicht so gut lesen wie wir, aber wenn du in Großbuchstaben schreibst, wird es schon gehen." Frank trank seinen Kaffee aus und stand auf. „Sag deinem Müller Dank für den Kaffee."

„Musst du schon weg?" Gerds Augenbrauen hoben sich. „Ich dachte, du würdest wenigstens für eine Nacht bleiben."

„Ich kann nicht. Ich muss Otto finden."

Nach langem Betteln von Gerd und der Frau des Müllers, und weil ihm bewusst wurde, dass er sehr wenig

Proviant übrig hatte, blieb Frank zum Mittagessen. Als er ging, beulte sich das Bündel, das ihm die Müllerin aufgezwungen hatte, von all dem guten Essen aus, und er war sicher, dass sein Bruder hier glücklich war.

Die Ziege und er wanderten durch das Königreich und suchten nach Otto, bis Franks Wegzehrung wieder knapp wurde. Dann arbeitete er für eine Mahlzeit oder ein wenig Geld. Er hatte Glück, dass er älter aussah als er war, und so fragten ihn die meisten Bauern nicht nach seinen Ausweispapieren. Sie waren einfach nur froh über die Hilfe. Dieses Jahr versprach eine Rekordernte, so dass jede Hand gebraucht wurde. Frank sprach mit jeder Person, die er traf, aber niemand hatte Otto gesehen.

Eines Tages erzählte ihm ein Getreidehändler, dass er einen jungen Mann getroffen hätte, auf den die Beschreibung passen könnte, und der bei einem Tischler in der Hauptstadt des Nachbarkönigreichs arbeitete. Frank machte sich sofort auf den Weg, obwohl die Ziege wegen des langen Weges und des zunehmend schlechter werdenden Wetters protestierte.

Sie hatte natürlich recht. Die Herbststürme und der Regen ließen die Reise zu einer Qual werden. Sie verbrachten einen Großteil der Zeit zitternd aneinander gekuschelt in verlassenen Scheunen oder unter Büschen. Sie wurden langsamer, aber Frank gab nicht auf. Am Tag nach dem ersten Schnee kam er endlich an den Toren der Hauptstadt des Nachbarreichs an.

„Wohin?" Die Wächter stoppten ihn mit vorgehaltenen Lanzen. Er konnte es ihnen nicht verübeln. Seine Kleidung war schon abgetragen, als er seine Reise begann, nun waren sie ganz verschlissen. Hier und da gab es auch ein paar Löcher. Sogar das Fell der Ziege war eher grau als weiß.

„Ich suche nach meinem Bruder. Es heißt, er arbeitet hier möglicherweise als Tischler." Er erzählte ihnen von seiner Reise und wie hart es gewesen war, hierher zu kommen.

„Landstreicher sind in unserer Stadt nicht erlaubt", sagte einer der Wächter. „Denn selbst wenn deine Geschichte wahr sein sollte, siehst du wie einer aus."

„Aber ich muss dringend mit meinem Bruder reden." Frank rutschte das Herz in die Hose. Er überlegte, ob er sich hinknien und betteln sollte, als der zweite Wächter sprach.

„Wir verstehen deine Situation. Jemand wird dich zur Straße der Tischler bringen und sehen, ob dein Bruder wirklich dort lebt." Er winkte einen dritten Wächter herbei, der neben einer schmalen Tür im Wachturm stand. „Aber wenn deine Informationen falsch sind und dein Bruder nicht hier lebt, wirst du die Stadt verlassen, bevor wir für die Nacht schließen."

„Danke." Frank hätte dem Wächter am liebsten die Hände geküsst, stattdessen verbeugte er sich. Der dritte Wächter führte ihn schweigend durch die Stadt. Zwischen den Häusern war kaum Wind. Zum ersten Mal seit langer Zeit zitterte Frank nicht mehr. Die

Ziege ging so dicht neben ihm wie sie konnte. Er hielt es für möglich, dass sie sich, genau wie er, von den vielen Menschen, die durch die Straßen drängten, eingeschüchtert fühlte. Mit offenem Mund bestaunte er die Fachwerkhäuser, die die engen Straßen säumten, die großen Fenster, in denen allerlei Waren zur Schau gestellt wurden, und die Menschen, die hin und her eilten. Er hatte noch nie so viele Leute auf einem Fleck gesehen.

„Die Straße der Tischler", sagte der Wächter. „Wie heißt dein Bruder?"

Frank sagte es ihm, und der Mann betrat die erste Werkstatt. Frank wartete draußen und bewunderte das Holzspielzeug, die Bilderrahmen und die Möbel im Schaufenster. Ein paar Minuten später kehrte der Wächter zurück.

„Es scheint, dass dein Bruder wirklich hier arbeitet. Ich weiß jetzt auch wo." Er ging zügig davon und Frank beeilte sich, um samt Ziege an seiner Seite zu bleiben. Nach kurzer Zeit waren sie um so viele Ecken gebogen, dass er keine Ahnung mehr hatte, wo sie sich befanden, als der Wächter auf ein hohes Haus mit einem kleinen Schaufenster zeigte, das hölzerne Tische und Stühle zeigte. „Dort soll er arbeiten."

Frank betrat den Laden und fühlte sich sofort fehl am Platze mit seiner Ziege. Aber er hätte sich nicht sorgen müssen. Sobald der Tischler begriff, wer er war, zog er ihn durch einen engen Gang, der den Laden mit der Werkstatt verband. Otto vergoss so viele Freudentränen, dass die Sägespäne, auf die sich die Ziege gelegt hatte, ganz nass wurden. Zufrieden ging der Wächter, noch bevor die Umarmungen ein Ende hatten.

„Was für eine Überraschung, dich hier zu sehen." Otto ließ Franks Hände nicht los. „Ich kann nicht glauben, dass du so weit gereist bist. Es muss ein Albtraum gewesen sein. Sieh dich nur an!"

„Ich sage der Haushälterin Bescheid, dass sie ein Bad richtet." Der weißhaarige Tischlermeister öffnete die Tür zu den Wohnräumen des Hauses. „Und ein paar neue Kleidungstücke und etwas zu Essen für den Bruder meines besten Lehrlings wären wohl auch ratsam, denke ich."

Frank und seine Ziege verbrachten den ganzen Winter bei Otto und dem Tischlermeister. Er tat sein Bestes, um den Bruder davon zu überzeugen, wie sehr sein Vater bedauerte, wozu ihn der Fluch gezwungen hatte, aber Otto war unnachgiebig.

„Kein Fluch der Welt kann einen Vater dazu bringen, seinen Sohn zu hassen", sagte er stets.

Und die Ziege war auch keine Hilfe, denn sie hatte beschlossen, nur noch mit Frank zu reden. Als er sie nach dem Grund fragte, erklärte sie ihm, dass sprechende Tiere in Städten schon oft entführt und für Geld zur Schau gestellt worden waren. Frank konnte es zwar nicht glauben, aber er ließ sie gewähren.

Mit dem Frühling näherte sich auch Franks sechzehnter Geburtstag. Am Morgen davor brachte er die Ziege zu der Weide am Fluss vor den Toren der Stadt, wohin er sie an jedem schneefreien Tag des Winters gebracht hatte.

Als sie genug gefressen hatte, sagte sie: „Du weißt, dass du morgen fortgejagt werden wirst, oder?"

„Warum das? Ich dachte, der Fluch würde nur für Väter gelten." Frank, der auf dem Rücken lag und den Wolken nachsah, gähnte.

„Otto fühlt sich für dich verantwortlich, also wird es ihn erwischen." Die Ziege kuschelte sich an ihn. „Ich werde dich vermissen."

Frank setzte sich mit einem Ruck auf.

„Warum müssen wir uns trennen, wenn ich fortgejagt werde?"

„Da kein Bruder übrig ist, werde ich gezwungen sein, mir eine neue Familie zu suchen."

Franks Hände wurden bei dem Gedanken eiskalt, er könne die Ziege verlieren.

„Gibt es keinen Ausweg?"

„Man müsste den Fluch brechen, der auf mir lastet, oder ihn wenigstens schwächen. Aber das wird nie passieren." Die Ziege ließ den Kopf hängen und seufzte. Schweigend saßen sie da und dachten nach, bis es Abend wurde. Dann stand Frank auf.

„Mir fällt zwar kein Weg ein, wie wir deinen Fluch brechen können", sagte er, „aber ich habe eine Idee, wie wir Otto dazu bringen, Vater zu verstehen."

Zurück im Haus des Tischlermeisters fand er seinen Bruder in der Küche, wo er das Abendessen zubereitete. Otto grinste, als hätte ihm jemand die ganze Welt geschenkt.

„Stell dir vor, mein Meister hat sein Testament geändert. Er hinterlässt mir seine Werkstatt. Er sagt, ich wäre wie ein Sohn für ihn."

„Das sind tolle Neuigkeiten", sagte Frank, behielt aber einen neutralen Gesichtsausdruck. „Ich hoffe, du wirst es genießen können, wenn du mich morgen fortjagst."

„Das würde ich nie tun. Du kannst so lange bei mir bleiben, wie du willst." Otto legte den Holzlöffel beiseite, mit dem er den Eintopf umgerührt hatte und hob eine Hand. „Das schwöre ich."

Der Tischlermeister kam herein, um den Tisch mit Tellern, Bechern und Besteck zu decken. Bisher hatte Frank immer aufgehört, über den Fluch zu sprechen, wenn er in der Nähe war, aber die Zeit wurde knapp und Otto musste es unbedingt begreifen.

„Die Ziege sagte, dass dich der Fluch zwingen wird, ganz egal, wie du es heute siehst." Er packte Ottos Arm mit beiden Händen und sah ihm in die Augen. „Du wirst mich rauswerfen. Das ist eine Tatsache."

„Werde ich n…" Sein Bruder versuchte zu protestieren, aber Frank ließ ihn nicht.

„Versprich mir nur Eines. Eine einzige Sache." Er starrte Otto in die Augen, bis sein Bruder nickte, dann fuhr er fort. „Ich möchte, dass du deine Einstellung

Vater gegenüber überdenkst, wenn du morgen feststellst, dass du genau dasselbe getan hast."

„Das wird nie geschehen. Du bist mein Bruder."

„Versprich es!"

„Also gut." Otto hob abwehrend die Hände. „Ich verspreche, dass ich Vater besuchen werde, sollte ich dich morgen rauswerfen – ausgerechnet an deinem Geburtstag."

Der Tischlermeister räusperte sich.

„Warum brichst du den Fluch nicht einfach?"

Überrascht drehte sich Frank zu dem alten Mann um.

„Ich suche bereits nach einer Möglichkeit, finde aber keine. Ich weiß nicht einmal, wo ich anfangen soll."

„Es gab mal einen Erfinder in der Stadt, der sich mit magischen Dingen gut auskannte." Der Tischler füllte die Becher mit Wasser. „Wenn ich mich recht erinnere, meinte er, dass man schon halb gewonnen hätte, wenn man den wahren Namen des Verfluchten oder den der Hexe oder des Zauberers kennen würde."

„Ich könnte die Ziege fragen. Einen Versuch ist's wert." Frank setzte sich auf den Platz neben ihm. „Wo lebt dieser Erfinder? Kann ich mit ihm reden?"

„Er ist vor langer Zeit nach Bergia gezogen." Der Tischler lächelte und wartete, bis Otto den Eintopf verteilt hatte, bevor er weitersprach. „Bergia ist klein und es gibt noch viel Magie dort. Du kannst ihn sicherlich aufspüren. Wenn Otto dich morgen wirklich fortjagt, wäre das der rechte Platz, um nach ihm zu suchen."

Frank dankte dem Tischlermeister und beschloss, nach Bergia zu gehen. Das Gespräch wendete sich anderen Themen zu, und er begann zu essen.

Als sich die Ziege am nächsten Tag vollgefressen hatte und sie wieder Seite an Seite im Gras am Fluss lagen, fragte er sie nach ihrem Namen.

„Mein Name ist …" Das letzte Wort war ein Meckern.

„Die Person, die dich verflucht hat, wollte offensichtlich nicht, dass jemand deinen Namen erfährt." Frank starrte sie an, sein Herz hämmerte in seiner Brust. „Also scheint er wichtig zu sein. Vielleicht hat der Tischler recht. Versuch es noch einmal."

Die Ziege gehorchte, doch so oft sie ihren Namen auch wiederholte, für Frank klang es, als meckere sie nur.

„Wenn du nur schreiben könntest." Er seufzte. „Ich wette, die Hexe oder der Zauberer hat daran nicht gedacht."

„Wahrscheinlich nicht", sagte die Ziege. „Leider war ich noch ein Kind, als sie mich in eine Ziege verwandelte."

„Sie? Es war also eine Hexe?" Frank starrte die Ziege erwartungsvoll an, aber sie fuhr einfach fort, als hätte er nicht gesprochen.

„Schreiben habe ich nie gelernt. Der einzige Buchstabe, den ich kenne, ist ein A."

„Du warst mal ein Mensch?" Franks Augen weiteten sich. „Ich war davon ausgegangen, dass du einfach eine sprechende Ziege bist."

„Ich war damals acht Jahre alt." Die Augen der Ziege füllten sich mit Tränen. „Und es war meine eigene Mutter, die mir das angetan hat. Ich hoffe, sie fährt dafür zur Hölle."

„Warum verwandelt eine Mutter ihre eigene Tochter in eine Ziege?" Frank traute seinen Ohren nicht. Leider war die Antwort der Ziege wieder nur ein Meckern. Ein weiteres verbotenes Thema. Frank seufzte. „Wir müssen unbedingt deinen Namen herausfinden. Lass uns ausprobieren, ob ich ihn raten kann. Ist es Annabel?"

„Nein."

„Anastasia?"

„Nein."

Und so ging es weiter. Welcher Name Frank auch einfiel, die Ziege verneinte. Als es Abend wurde, schlug er vor Wut mit der Faust auf den Boden. Matsch spritzte auf seine Hose.

„Ich habe eine Idee", rief die Ziege. „Mal sehen, ob das klappt. Zeichne ein Bett in den Matsch."

Frank tat ihr den Gefallen.

„Und jetzt zeichne ein großes A drumherum." Die Ziege hüpfte aufgeregt um ihn herum. „Ja, genau so. Das ist mein Name! Ich hab's geschafft!"

„Abett?" Frank runzelte die Stirn.

„Nein. Sieh genauer hin. Es ist ein Rätsel." Die Ziege hüpfte hin und her wie ein aufgeregtes Zicklein. „Du musst vorlesen, was du da hast."

„Ein Bett in einem A." Franks Stirnrunzeln wurde stärker. „Bett in A … Bettina! Ist dein Name Bettina?"

„Ja!" Die Ziege meckerte und meckerte.

Frank glaubte zu hören, dass sie ihren Namen wiederholte, also sagte er: „Bitte, Bettina, bleib bei mir, wenn mich Otto fortschickt."

„Mein Name ist …" Die Ziege meckerte noch ein, zwei Mal. Beim dritten Mal verstand Frank ihren Namen. „… Bettina, und es fühlt sich so an, als könne ich bei dir bleiben. Es scheint, als hättest du wenigstens einen Teil des Fluchs gebrochen. Danke. Vielen Dank."

Das Lächeln auf Franks Gesicht hätte nicht breiter sein können, als sie zum Haus des Tischlermeisters zurückgingen.

„Verlass das Haus. Sofort!" Otto öffnete die Tür und schob Frank hindurch, ganz gleich wie sehr der Tischlermeister protestierte. Frank gelang es kaum, sich das Bündel zu schnappen, das er vorbereitet hatte. Wenigstens würde er diesmal in vernünftiger Kleidung mit genug Proviant für mehrere Tage unterwegs sein.

„Denk an dein Versprechen", sagte er, drehte sich um und ging davon. Bettina folgte ihm, obwohl er keine Leine mehr benutzte. Als sie die Stadt hinter sich gelassen hatten, fragte Frank: „Und was soll ich jetzt tun?"

„Such dir Arbeit", meinte Bettina. „Ich weiß, dass Mutter dich in Kürze aufsuchen wird. Das macht sie immer. Also verstecke ich mich lieber."

Bei dem Gedanken, ohne sie sein zu müssen, zog sich Franks Herz schmerzhaft zusammen.

„Versprich mir, dass du in der Nähe bleibst."

„Mach ich. Immerhin musst du mich füttern und mich vor wilden Tieren beschützen." Für einen Moment wirkte es, als würde Bettina lächeln, dann hüpfte sie davon und tauchte in die Büsche neben der Straße ein. Frank sah ihr nach, bis selbst die letzte Spur ihres weißen Fells verschwunden war, dann machte er sich auf den Weg zum Wald.

Er hatte den Waldrand kaum erreicht, als eine alte Frau mit einem Bündel Zweige aus dem Dickicht trat. Er begrüßte sie höflich, und sie setzte ihr Bündel ab und erkundigte sich, wohin er unterwegs war.

„Ich bin auf dem Weg in die nächste Stadt, wo ich eine Arbeit suchen will", sagte er und bemerkte den berechnenden Blick der Alten. Konnte das Bettinas Mutter sein?

„Warum suchst du dir keine Lehrstelle?", fragte sie. „Sicher, du würdest weniger verdienen, aber du würdest auch Fähigkeiten erlernen, die dir dein Leben lang nützen können."

„Ich bin als Handwerker ungeeignet." Er tippte sich an die Stirn. „Aber danke für den Rat."

„Wenn du deine Meinung ändern solltest, gibt es eine Schwertkämpferin im nächsten Dorf, die einen Auszubildenden sucht." Die Alte hob ihr Bündel wieder auf und machte sich auf den Weg in die Stadt.

Als Frank unter die Bäume trat, tauchte Bettina wieder an seiner Seite auf. „Das war meine Mutter. Verkleidet natürlich, aber sie war's zweifelsfrei."

„Warum schickt sie mich zu einer Schwertkämpferin?" Frank suchte nach einem guten Grund, fand aber keinen. „Sehe ich für sie wie ein Kämpfer aus?"

„Ja." Bettinas Meckern war eindeutig ein Lachen. Frank fiel ein.

„Also gut. Du kannst mir ja leider nicht sagen, warum dich deine Mutter in eine Ziege verwandelt hat. Also werde ich, um den Fluch brechen zu können, das tun, was sie sagt. Zumindest für eine Weile."

Sie kamen im nächsten Dorf an, als die Sonne bereits unterging. Auf halbem Weg zwischen Wald und Dorf befand sich ein Gasthaus, in dem Frank nach der Schwertkämpferin fragte. Der Wirt erklärte ihm den Weg, aber seine Kunden, eine Handvoll Bauern, lachten ihn aus.

„Ein Spatz, der von einem Schwan das Kämpfen lernen will", rief einer. „Da kannst du auch gleich deine Eier hier lassen, Junge."

Frank ignorierte das Gelächter und verließ das Gasthaus. Wenig später klopfte er an die Tür eines kleinen, aber gepflegten Fachwerkhauses. Eine schlanke Frau öffnete. Sie trug ein eng anliegendes, schwarzes Hemd und eine ebenfalls schwarze Hose mit einem weißen Umhang darüber. Sie runzelte die Stirn ihres aparten Gesichts. Ihr Blick wurde hart, als er auf Frank und Bettina fiel.

„Was willst du?"

Frank schluckte. Die Muskeln der Frau, durch die eng anliegende Kleidung noch betont, waren beeindruckend. Es wäre dumm, sie zu reizen.

„Ich würde gerne Ihr Lehrling werden, wenn Sie nichts dagegen haben."

„Na klar. Und meine Mutter ist die Kaiserin von Ostland." Die Frau schob die Tür zu, aber Frank stellte den Fuß in den Spalt, obwohl er fürchtete, sie könne ihn mit Leichtigkeit zerdrücken.

„Ich möchte wirklich von Ihnen lernen", sagte er und versuchte, so ehrlich wie möglich zu klingen. „Eine alte Frau hat mir empfohlen, hierher zu kommen.

Die Frau zögerte.

„Und wofür ist die Ziege?"

„Sie leistet mir Gesellschaft."

„Die Leute werden dich auslachen."

Für einen Moment dachte Frank, sie meinte, dass man über seine Ziege lachen würde, aber dann fiel ihm die Szene im Gasthaus wieder ein.

„Das hat man schon. Ist mir aber egal." Er versuchte, entschlossener zu wirken als er sich fühlte. „Wenn Sie so gut sind, wie die Alte behauptet hat, sind Sie die richtige Lehrerin für mich."

„Ich nehme dich für zwei Wochen zur Probe." Die Frau entspannte sich sichtlich. „Kost und Logis inbegriffen, ein Tag pro Monat frei. Das Übliche halt."

Frank nickte.

„Du darfst mich mit Meisterin Sioban ansprechen."
Die Frau trat beiseite und öffnete die Tür weit. Frank
trat mit Bettina auf den Fersen ein.

Während der nächsten beiden Wochen lernte Frank
die Grundlagen des Kämpfens und stellte fest, dass
es ihm gefiel, wie sich sein Körper straffte und seine
Beweglichkeit zunahm. Außerdem gefiel ihm die
Philosophie seiner Lehrerin: Schlag niemals zu, wenn
Reden gefragt ist; verstümmele niemanden, wenn
Schläge ausreichen; töte nicht, außer es ist unumgänglich.

Am Ende der Probezeit verlängerte Meisterin Sioban
seine Lehrzeit auf die vollen drei Jahre, die man brauchte,
um ein Schwertkämpfer zu werden. Bettina blieb die
meiste Zeit in der Nähe des Hauses, nur manchmal
ging sie, um nach seinen Brüdern zu sehen. Das Leben
entwickelte einen Rhythmus, der Frank gefiel. Der
einzige Nachteil war Bettinas zunehmende Traurigkeit.
An seinen freien Tagen machte sich Frank auf die
Suche nach Bettinas Mutter. Er wollte sie ausquetschen,
um zu erfahren, wie er Bettinas Fluch brechen könne,
aber er fand nicht einmal eine Spur. Jedes Mal wenn
er mit leeren Händen zurückkehrte, wirkte die Ziege
etwas trauriger als zuvor. Ihn schmerzte, dass sie so
unglücklich war.

Die Zeit flog.

Ein Jahr nachdem er seine Ausbildung begonnen
hatte, ging Bettina mal wieder nach seinen Brüdern

sehen. Als sie zurückkam, war sie sehr aufgeregt. Das fiel Frank auf, noch bevor sie das Haus betrat.

„Stimmt etwas nicht?"

„Mutter hat deinen Bruder mit einem Betrug um seinen hart erarbeiteten Verdienst gebracht." Sie trampelte auf dem Boden herum, als wolle sie ihre Mutter treten.

„Fang am Anfang an. Welcher Bruder, welcher Verdienst und wie wurde er betrogen?" Frank brachte sie in ihren Stall und streichelte ihren Rücken, bis sie sich entspannte und ihm die ganze Geschichte erzählte.

„Dein Bruder Otto legte seine Gesellenprüfung zum Tischler als Jahrgangsbester der Stadt ab. Sein Meister war so stolz auf ihn, dass er ihm zur Belohnung seinen wertvollsten Besitz übergab: einen magischen Tisch. Mit den richtigen Worten deckt er sich selbst und präsentiert einem ein Festmahl."

„Oh Mann, das klingt nach einem tollen Geschenk." Frank runzelte die Stirn. Sie nickte und trank ein wenig Wasser aus ihrer Tränke, bevor sie fortfuhr.

„Seit er dich fortgeschickt hat, ist er voller Selbstvorwürfe, also beschloss er, dass es Zeit wäre, endlich euren Vater zu besuchen. Er nahm den Tisch mit, um ihm zu zeigen, was er erreicht hatte. Als er bei eurer Hütte ankam, war euer Vater sehr froh, ihn wiederzusehen, aber der Tisch war nichts als ein gewöhnlicher Tisch. Jemand hatte ihn gegen den magischen Tisch ausgetauscht."

„Wieso bist du so sicher, dass es deine Mutter war?"

„Weil …" Der Rest ihrer Worte war unverständliches Meckern. Genervt trat sie mit den Hinterläufen aus.

„Keine Sorge, das finden wir heraus." Frank kratzte sein Kinn und überlegte, bis er eine Idee hatte. Sie war zwar noch nicht ganz ausgereift, aber vielversprechend. „Gerd wird doch auch in absehbarer Zeit mit seiner Ausbildung fertig sein, oder?"

Die Ziege legte den Kopf schief.

„Weiß ich nicht. Warum?"

„Lass ihn uns an meinem nächsten freien Tag besuchen." Frank lächelte Bettina zu. „Ich habe zwar noch keinen Plan, aber wenn deine Mutter Otto wirklich betrogen hat, und dein Meckern zeigt, dass sie einen Grund dafür hatte, scheint es mir logisch, dass sie es bei allen Jungen getan hat, die der Fluch von zu Hause vertrieben hat."

„Ja, und?" Bettinas Stirn legte sich in Falten. „Ich sehe nicht, worauf du hinaus willst."

„Als nächstes wird sie es bei Gerd versuchen."

Es stellte sich heraus, dass Gerds Abschlussprüfung erst in einem halben Jahr sein würde, aber er versprach, sie zu benachrichtigen, wenn er fertig wäre. Frank kehrte zu seiner gewohnten Routine zurück. Das Training und die Meditation schienen seine Sinne zu schärfen, was ihm sehr gefiel. Nur den Unterricht im Lesen, Schreiben und Rechnen liebte er nicht, obwohl er zugeben musste, dass es wichtige Kenntnisse waren. Trotz seiner Abneigung strengte er sich in allen Fächern an, die seine Meisterin unterrichtete, und sie war mit seinen Fortschritten zufrieden.

An einem Abend im Herbst brachte ein Bote eine Nachricht von Gerd. „Dein Bruder sendet dir diese Worte: Ich habe meine Ausbildung gut bestanden. Mein Meister war so zufrieden mit meinen Noten, dass er mir meinen Herzenswunsch erfüllte. Ich darf seine Tochter heiraten, die ich von Herzen liebe. Übermorgen werde ich mich auf den Weg machen, um Vater zur Hochzeit zu holen. Er wird ziemlich überrascht sein, wenn ich auf dem Lieblingsesel meines Meisters ankomme. Ich habe ihm meinen Besuch nämlich nicht angekündigt. Natürlich bist du auch eingeladen. Ich freue mich schon. Bis bald."

„Gehe ich recht in der Annahme, dass du für die Hochzeit einen freien Tag brauchst?", fragte Meisterin Sioban, als der Bote gegangen war. Sie verzog das Gesicht, was klar machte, wie wenig ihr diese unerwartete Unterbrechung ihres Stundenplans gefiel.

„Nein, Meisterin." Frank verbeugte sich. „Aber ich möchte darum bitten, dass ich meinen freien Tag von nächster Woche auf morgen verschieben darf."

Meisterin Sioban zog eine Augenbraue in die Höhe. Frank ahnte, dass sie einen Grund für seine ungewöhnliche Bitte brauchte, aber konnte er ihr von dem Fluch erzählen? Was, wenn sie daraufhin Bettina loswerden wollte? Andererseits hatte er sie als vernünftige Frau kennengelernt, die vor nichts Angst hatte, nicht einmal vor Magie.

Nach einiger Überlegung entschloss er sich, ihr alles zu erzählen. Er begann mit dem Tag, an dem er von dem Fluch erfuhr, und schloss mit seinem Grund für den vorgezogenen freien Tag.

„Der Bote war einen ganzen Tag unterwegs, also wird Gerd morgen früh die Mühle verlassen. Wenn ich hier um dieselbe Zeit losgehe, kann ich ihn auf dem Weg zu meinem Vater abfangen und ihm folgen. Sicherlich versucht die Hexe auch ihm das abzunehmen, was ihm sein Meister als Belohnung gegeben hat. Vielleicht gelingt es mir, die Hexe dabei zu schnappen."

Meisterin Sioban spitzte nachdenklich die Lippen. Dann sagte sie: „Gegen eine Hexe zu kämpfen ist gefährlich. Dafür bist du noch nicht ausgebildet, und ich kann leider nicht mitkommen. Ich muss morgen zu einem wichtigen Treffen der Gilde." Sie seufzte. „Versprich mir, dass du sie nicht angreifen wirst."

„Ich muss mit ihr reden, um herauszufinden, wie ich Bettina erlösen kann." Frank saß kerzengerade. Er würde sich seine Idee auf keinen Fall ausreden lassen. Niemals würde er zulassen, dass Bettina noch länger leiden musste.

„Und ich werde dir die nötigen Mittel und Fertigkeiten geben, um genau das zu tun", sagte Meisterin Sioban. „Doch damit mein kleiner Trick klappt, musst du sehr dicht an die Hexe heran, und das geht nicht, wenn sie dich in einen Frosch verwandelt."

„Ich bin schnell. Ich kann ihren Zaubern sicher ausweichen." Frank war nicht bereit, seinen Plan aufzugeben, obwohl er zugeben musste, dass er nicht ausgereift war.

„Sie wird dich trotzdem erkennen, wenn du sie ein zweites Mal triffst." Meisterin Sioban legte ihre Hand auf seinen Arm. „Halte dich versteckt und beobachte sie. Finde heraus, wo sie deinen Bruder trifft und wie sie ihn um seinen Lohn betrügt. Versuche festzustellen, ob das derselbe Ort ist, wo sie auch alle anderen jungen Männer betrogen hat. Und wenn du kannst, finde heraus, wohin sie anschließend geht."

Frank presste die Lippen aufeinander. Die Frau lächelte.

„Und dann stellen wir ihr eine Falle." Sie erklärte.

Frank entspannte sich. Ihr Plan klang viel besser als seiner. Als er bei jedem Wort begeistert nickte, grinste sie.

„Ich denke, es wird Zeit, Strategie vorzeitig auf deinen Stundenplan zu setzen. Für einen Gegner die richtige Überraschung vorzubereiten ist bereits der halbe Sieg."

Frank und Bettina brachen noch vor der Morgendämmerung auf. Bettina trug einen Sack mit Verpflegung, den ihr Meisterin Sioban umgebunden hatte. Sie kamen gut voran. Am späten Nachmittag erreichten sie die Straße, die von der Mühle zu dem Dorf führte, an dessen Rand Franks Vater lebte. Frank untersuchte den Boden. Der Regen der letzten Nacht hatte alle früheren Spuren ausgelöscht.

„Er ist noch nicht hier gewesen", sagte er. „Nur ein Ochsenkarren, ein Reiter und ein paar Leute zu Fuß."

„Gut", sagte Bettina. „Ich habe Hunger." Da sie noch immer eine Ziege war, suchte sie sich eine grasige Stelle und begann zu fressen. Frank schnürte den Proviantbeutel auf und ließ es sich ebenfalls schmecken. Er war eben mit dem Essen fertig, als Gerd mit einem Esel am Halfter das Dorf verließ, das ein Stück den Hang hinunter lag. Frank winkte, und Gerd winkte zurück. Wenig später fielen sie sich in die Arme und tauschten die wichtigsten Neuigkeiten aus, bevor sie weiterzogen.

„Du wirst es heute nicht bis nach Hause schaffen", sagte Frank. „Nicht einmal, wenn du auf dem Esel reiten würdest."

„Oh, Toddler ist kein Reittier." Gerd strahlte. „Wenn ich die richtigen Worte sage, scheißt er Gold. Sieh mal." Er öffnete eine Geldbörse an seinem Gürtel und ließ Frank hineinsehen. Sie war voller Goldmünzen. „Mein Meister hat ihn mir für den Notfall geliehen. Seine Tochter und er wollen mich so schnell es geht zurück haben."

„Was verständlich ist." Frank betrachtete den Esel und kratzte sich am Kinn. „Also hast du auch etwas Magisches. Da zeichnet sich ein Muster ab." Er wendete sich an die Ziege. „Bettina, hatten alle Jungen, die der Fluch beeinflusst hat, etwas Magisches?"

Die Ziege meckerte und nickte zur selben Zeit.

„Also doch." Frank war stolz darauf, dass er ein weiteres Puzzleteil entdeckt hatte, insbesondere da es wunderbar mit dem Plan seiner Meisterin zusammen passte. Er wandte sich wieder an Gerd. „Wo wirst du die Nacht verbringen?"

„Es gibt einen Gasthof auf halber Höhe am Berg." Gerd zeigte auf ein Haus ein gutes Stück vor ihnen.

„Prima. Hier ist, was wir machen." Frank beugte sich dichter zu seinem Bruder. „Du weißt ja, dass ich mich zum Schwertkämpfer ausbilden lasse. Ich bin unterwegs, um geheime Informationen zu sammeln, die meine Meisterin braucht. Schwöre, dass du niemandem sagen wirst, dass du mich getroffen hast."

„Oh. Machst du jetzt schon deine Abschlussprüfung?" Gerds Augen wurden groß.

„Noch lange nicht." Frank lächelte. „Aber es ist ein wichtiger Teil meiner Ausbildung, also darf ich es nicht vermasseln. Aber ich wollte dich unbedingt treffen."

„Kein Problem. Ich streiche dich aus meinem Gedächtnis." Er drückte Frank, aber seine Stimme hielt einen amüsierten Unterton, als er weitersprach. „Ich wünsche dir viel Erfolg bei deiner geheimen Mission."

Frank blieb neben einer Buschgruppe stehen und sah zu, wie Gerd zum Gasthaus ging, den Esel an einen Ring an der Wand band und eintrat.

„Du bleibst besser hier, Bettina", sagte Frank. Als sie nickte, machte er sich auf den Weg zur Rückseite des Stalls, wobei er jede Deckung nutzte, die er finden konnte. Er wollte eben zu einem der Fenster des Gasthofs huschen, als der Wirt und Gerd herauskamen.

„Der Stall wird ihm sicher gefallen", sagte der Wirt. „Ich habe den besten Hafer."

Frank duckte sich hinter ein Wasserfass, während Gerd und sein Esel den Stall betraten. Erst als die beiden Männer wieder in die Wärme des Schankraums zurückgekehrt waren, wagte er sich wieder hervor. Einen Moment zögerte er, aber es schien einfacher, auf den Esel aufzupassen, als auf den Wirt und eventuell vorhandene Bedienstete. Er betrat den Stall durch die Hintertür. Als sich seine Augen an das Dämmerlicht gewöhnt hatten, erkannte er zwei Boxen mit Eseln, eine mit einem Pferd und einen großen Auslauf mit Hühnern. Neben der Pferdebox stand eine Leiter, die zum Heuboden führte. Sicherlich stapelten sich dort oben Ballen und Getreidesäcke. Das wäre ein gutes Versteck. Er kletterte hinauf, machte es sich im Stroh bequem und wartete.

Die Zeit zog sich, und er kämpfte gegen Langeweile. Ganz langsam wurde das Licht weniger und die Welt wurde still. Durch ein Fenster im Giebel des Stalls sah er die Lichter im Gasthof eines nach dem anderen verlöschen. Seine Lider wurden schwer, aber es gelang ihm, wach zu bleiben. Er überlegte gerade, ob er hinunterklettern und sich das Gesicht waschen sollte, um wieder wacher zu werden, als die Stalltür aufging. Der Wirt kam mit einer Laterne herein. Schlagartig war Frank hellwach.

„Schon recht", sagte der Wirt, als er in die Box des Esels blickte. „Du bist eine kleine Schönheit. Nun lass uns mal sehen, ob uns dein Besitzer das richtige Wort genannt hat. Bricklebrit!"

Der Esel schrie dreimal *iah*. In der folgenden Stille hörte Frank das Klingeln von Münzen, die auf andere Münzen fielen.

„Gut gemacht, kleiner Esel." Der Wirt kicherte. „Du bist nicht der Erste und wirst auch nicht der Letzte sein, der hier zu mir findet."

Aha, dachte Frank. *Es scheinen also viele der Betrogenen hier vorbeigekommen zu sein.* Er schob sich leise ein Stück weiter vor, um besser sehen zu können.

Der Wirt zeigte mit einem Finger auf das Tier und sagte ein seltsames Wort, das in Franks Ohren dröhnte wie der Schlag einer Kirchenglocke. Er zuckte zusammen. Als er wieder hinsah, befand sich anstelle des Esels eine Maus in der Box. Der Wirt steckte sie in eine kleine Schachtel, die er in einem Beutel an seinem Gürtel trug. Dann zeigte er auf den zweiten Esel und sagte ein anderes Wort, das ebenso in Franks Kopf hallte. Der Esel wechselte die Farbe und veränderte sich, bis er genauso aussah wie der, den Gerd mitgebracht hatte. Frank ballte die Hände zu Fäusten. Am liebsten hätte der den diebischen Wirt sofort bestraft. Konnte er wirklich Bettinas Mutter sein? Er knirschte mit den Zähnen, so sehr musste er sich beherrschen. Nur das Versprechen, das er seiner Meisterin gegeben hatte, hinderte ihn daran, den Mistkerl zu überrumpeln.

Seine unwillkürlichen Bewegungen ließen das Stroh, auf dem er lag, knistern.

„Wer ist da?" Der Wirt fuhr herum und hob die Laterne.

Frank hielt die Luft an. Der Wirt trat zur Leiter, als eine kleine Gestalt aus dem Schatten trat.

„Hallo Mutter", sagte Bettina. Also war der Wirt wirklich ihre verkleidete Mutter, wie Frank vermutet hatte.

„Warum suchst du keinen neuen Besitzer?" Die verkleidete Hexe hob die Laterne noch ein wenig mehr, ließ den Blick über das Stroh gleiten, zum Glück, ohne Frank zu bemerken, und konzentrierte sich wieder auf die Ziege.

„Ich habe mir eine Nacht frei genommen." Bettina trat näher. „Du hast versprochen, mir zu sagen, wie man diesen Fluch löst. Erinnerst du dich?"

„Das habe ich nur gesagt, um dich aus dem Haus zu kriegen. Er ist nicht zu brechen." Die Hexe lachte. „Aber er wird sich von selbst auflösen, wenn alle meine Wünsche erfüllt sind."

Bettina sagte etwas, das für Frank mal wieder wie Meckern klang. Offensichtlich verstand es die Hexe, denn sie antwortete.

„Ich entscheide, wann ich genug habe. Und es geht dich nichts an, wohin ich sie bringe. Sie gehören mir!"

„Eines Tages wird jemand herausfinden, was du treibst, und dann wirst du verbrannt." Bettinas Stimme klang besorgt. Liebte sie ihre Mutter etwa noch, trotz allem, was sie ihr angetan hatte?

„Das wird nie geschehen. Jetzt aber zurück an die Arbeit mit dir." Die Hexe winkte mit der Hand, und ein starker Wind drückte gegen Bettina. Je mehr sie dagegen ankämpfte, desto stärker blies er. Schließlich schob er sie aus der hinteren Stalltür. Sobald sie verschwunden war, hob die Hexe die Goldstücke auf und ging ebenfalls. Frank wartete, bis er sicher war, dass sie nicht zurückkommen würde, dann verließ er den Stall ebenfalls durch die Hintertür und machte sich auf die Suche nach Bettina. Sie wartete bei einer Baumgruppe ein Stück die Straße hinab auf ihn.

„Das beweist, was ich vermutet habe", sagte er zu ihr.

„Was wirst du jetzt tun?" Trotz ihres Ziegengesichts wirkte Bettina besorgt. „Ich weiß, dass ich gesagt habe, sie solle in der Hölle schmoren. Aber so ernst meinte ich das nicht. Sie ist trotz allem meine Mutter."

„Wir werden sie irgendwie unschädlich machen. Reden wir mit meiner Meisterin", sagte Frank und machte sich auf den Weg zurück.

Zwei Tage später standen sie mit Meisterin Sioban kurz vor Sonnenuntergang unter genau denselben Bäumen und sahen zu, wie der Wirt die Fensterläden für die Nacht schloss.

„Und du bist dir ganz sicher, dass das die Hexe ist?", fragte Meisterin Sioban.

Frank nickte und zeigte auf zwei Reisende, die mit einem Esel den Berg herunter kamen.

„Sieh mal, ich glaube, das sind Vater und Gerd. Es kommt mir so vor, als wollen sie hier einkehren."

„Dann trainieren wir." Meisterin Sioban lächelte. „Wir werden sie belauschen, ohne dass sie es merken. Zeig mir, wie leise du sein kannst."

Sie ließen Bettina zurück und näherten sich dem Gasthaus. Von Baum zu Busch zu einem Fass, von dort zu einer Hausecke und weiter zu einer niedrigen Bank unter einem geöffneten Fenster des Schankraums. Dort saßen sie schweigend und lauschten dem Gespräch im Inneren.

„Ich weiß, dass du es gewesen bist, Schuft. Ich habe meinen Esel nirgends sonst aus den Augen gelassen", sagte Gerd.

„Aber ich sagte doch, dass ich die letzten beiden Tage nicht hier gewesen bin. Ich gönne mir regelmäßig einmal im Jahr einen kleinen Urlaub. Diesmal war ich in der Stadt bei meiner Schwester." Die unbekannte, hohe und flehende Stimme musste dem Wirt gehören.

„Wo …" Das Klatschen einer Ohrfeige drang durchs Fenster und der Wirt wimmerte.

„ist …" Noch eine Ohrfeige und mehr Gejammer.

„mein …" Schlag, Geschrei.

„Esel?" Ein lautes Krachen ließ die Fensterläden klappern. Etwas Schweres musste im Haus gegen die Wand geprallt sein.

„Komm, Gerd." Die Stimme von Franks Vater war ruhig. „Das bringt doch nichts. Es steht dein Wort gegen seines. Deinen Esel wirst du niemals wiedersehen."

„Mein Schwiegervater wird mich umbringen." Gerd klang besorgt. „Was, wenn er die Hochzeit absagt? Wenn ich nicht einmal auf einen Esel aufpassen kann, wie soll ich da meine Liebste beschützen?"

„Na, deine Ehefrau würdest du ja wohl kaum in einem Stall lassen, oder?" Die Stimmen wurden leiser, als die beiden Männer die Treppe zu ihrem Schlafraum hinauf stiegen.

„Mir scheint, deine Hexe hat den Wirt gespielt", sagte Meisterin Sioban. „Lass mich mal sehen, ob ich recht habe." Sie verließ den Schatten des Hauses, ging zur Vordertür und trat ein. Frank zog die Kapuze seines Mantels über den Kopf und folgte ihr in den Schankraum. Er fand sie über den Wirt gebeugt, ein Messer an seiner Kehle.

„… nicht hier. Das schwöre ich!" Tränen liefen über die Hängebacken des Wirts. „Einmal im Jahr packt mich das Verlangen, zu verreisen. Es nervt meine Schwester unendlich, aber sie kann bestätigen, dass ich bei ihr war."

„Wer führt die Geschäfte, wenn du fort bist?" Meisterin Siobans Stimme war kaum mehr als ein Zischen.

„Niemand. Ehrlich. Ich schließe den Gasthof und verstecke den Schlüssel." Er schluchzte. „Bitte. Ich habe doch nichts getan. Töten Sie mich nicht.

Der scharfe Geruch von Urin stieg Frank in die Nase, und er hatte Mitleid mit dem Mann. So abrupt sie aufgetaucht war drehte sich seine Meisterin um und ging. Dabei packte sie Franks Arm und zog ihn mit sich.

Als sie die Baumgruppe wieder erreichten, setzte sie sich hin und sagte: „Es scheint, dass die Hexe weiß, wann einer der Jungen, die der Fluch vertrieben hat, auf Reisen geht. Dann belegt sie den Wirt mit einem Zwang, so dass er seine Schwester besucht, und sie nimmt seinen Platz ein. Solange wir nicht wissen, wo sie sich den Rest der Zeit versteckt, können wir nichts gegen sie tun. Wenn du sie nicht finden kannst, werden wir wohl oder übel deine Abschlussprüfung abwarten müssen."

„Es hat nichts mit den Prüfungen zu tun", sagte Bettina. „Es ist wegen der …" Der Rest ihres Satzes klang wieder wie das Meckern einer echten Ziege. Frank hatte die Nase gestrichen voll und hätte am liebsten geschrien.

„Hat es etwas mit dem Grund für ihre Reise zu tun?", fragte Meisterin Sioban.

Bettina schüttelte den Kopf. Da hatte Frank eine Idee.

„Hängt es mit etwas zusammen, das sie auf ihre Reisen mitnehmen?"

Bettina nickte.

„Etwas, das sie vorher nicht hatten?"

Bettina nickte erneut.

„Etwas wie Gerds Esel und Ottos Tisch?"

Bettina meckerte und nickte gleichzeitig.

„Sie stiehlt magische Objekte!" Frank schlug sich mit der Hand vor die Stirn. „Sie hat ihre eigene Tochter verflucht, um magische Dinge zu bekommen. Wie verrückt ist das denn?"

Meisterin Sioban beugte sich vor und sah Bettina in die Augen.

„Weiß sie, welches magische Objekt der entsprechende Lehrling mitbringen wird?"

Bettina schüttelte den Kopf. Sie wirkte sehr zufrieden.

„Endlich kann ich frei reden. Magie hat seltsame Regeln. Mutter spürt, wenn ein Handwerker ein magisches Objekt besitzt, kann es aber nicht direkt von ihm stehlen. Doch sie kann ihn dazu bringen, einen Lehrling aufzunehmen. Dann nimmt sie sich, was immer sie will, als Bezahlung für die Vermittlung, von der der Lehrmeister gar nichts weiß."

Meisterin Sioban lachte in sich hinein.

„Wenn das wahr ist, habe ich genau das Richtige für sie. Frank, sag deinem Bruder, er soll den falschen Esel hier lassen. Er soll seinem Schwiegervater ausrichten, dass du das Tier zur Hochzeit mitbringen wirst. Wann war das nochmal?"

„In drei Tagen", sagte Frank leicht verwirrt.

„Das ist reichlich Zeit." Meisterin Sioban stand auf und streckte sich. „Komm nach Hause, sobald du mit deinem Bruder gesprochen hast. Ich werde dir beibringen, wie man mit einer Hexe fertig wird."

Zwei Tage später versteckte sich Frank zwischen den Büschen der Baumgruppe in der Nähe des Gasthauses. Neben ihm lag ein Sack, in dem ein Knüppel steckte. Er musste zugeben, dass der Plan der Meisterin zu funktionieren schien. Der Wirt verließ das Haus gegen Mittag und marschierte mit zügigem Schritt, aber leerem Blick den Berg hinab. Als er außer Sicht war, verließ derselbe Wirt den Gasthof und kontrollierte den Stall, bevor er ins Haus zurück ging. *Na also,* dachte Frank. *Die Hexe ist da.* Er klopfte Bettina auf den Hals.

„Warte hier. Wenn etwas schief geht, hol Meisterin Sioban."

Er nahm den Sack mit dem Knüppel, ging in seiner eigenen Spur zurück zum Weg, umrundete den Hügel und ging die Straße hinauf, als käme er gerade aus der Stadt. Obwohl er sich Mühe gab, konnte er Bettina nicht entdecken. *Braves Mädchen.*

Er ging direkt in den Schankraum, bestellte ein Glas Milch und setzte sich an einen Tisch in der Nähe der Fenster. Dabei klopfte er einige Male auf seinen Sack.

„Kein Bier für den jungen Herrn?" Die Hexe in ihrer Verkleidung zeigte auf ein Fässchen hinter der Theke.

„Nein, danke. Ich werde noch eine ganze Zeit unterwegs sein", lehnte Frank ab. „Ich brauche nur eine kurze Pause."

„Vielleicht etwas zu essen?" Die Hexe rieb die Hände an einem Tuch ab. „Wir haben heute Eintopf mit Hammelfleisch."

„Klingt gut." Frank öffnete den Sack, sah hinein und schloss ihn wieder. „Geben Sie mir so viel, wie ich für ein Kupferstück bekommen kann."

„Kommt sofort." Die Hexe ging durch eine Tür hinter der Theke. Wenig später kehrte sie mit einer dampfenden Schale und einem Becher zurück und stellte beides vor Frank auf den Tisch. Ihr Blick klebte an seinem Sack.

„Einen schönen Sack hast du da."

„Meine Meisterin hat ihn mir gegeben." Frank blieb bewusst bei der Wahrheit. Meisterin Sioban hatte ihm erklärt, dass die meisten Hexen Lügen riechen konnten. „Er ist magisch."

„Was kann er?" Die Augen der Hexe waren geweitet und glänzten vor Gier.

„Kann ich nicht sagen. Das ist ein Geheimnis." Frank lächelte, wobei er versuchte, es entschuldigend aussehen zu lassen und nicht zufrieden. *Voll und ganz angebissen.*

„Ich bin nicht neugierig." Die Hexe nickte ihm zu und zeigte auf den Eintopf. „Der schmeckt am besten heiß. Hoffentlich magst du ihn."

„Riecht gut." Er tauchte den Löffel in die Schale und zögerte. „Darf ich das Fenster öffnen? Es ist ziemlich warm hier drinnen."

„Selbstverständlich." Die Hexe wischte die Tische in seiner Nähe ab, während Frank ein Fenster öffnete. Dann hob er einen Löffel Eintopf an die Lippen und pustete darauf. Lautes Meckern ertönte von draußen, und er musste sein Grinsen verstecken. Bettinas Zeiteinteilung hätte nicht besser sein können.

Der Kopf der Hexe schoss herum, und sie runzelte die Stirn. Schnell ging sie zur Vordertür und sah hinaus, aber Frank wusste, dass sie seine Freundin nicht sehen würde. Er nutzte die Zeit, in der die Hexe nicht auf ihn achtete, und kippte den halben Eintopf und den Inhalt des Bechers aus dem Fenster. Als die Hexe zurückkam, setzte er den Becher an die Lippen und tat so, als hätte er getrunken. Er bemerkte ein zufriedenes Zucken um ihre Mundwinkel.

„Soll ich nachfüllen?" Sie streckte die Hand nach dem Becher aus.

„Das wäre …", er gähnte, „nett."

Als sie zurückkehrte, war er in seinem Stuhl zusammengesunken und tat, als schliefe er. Mit einem freudigen Kichern stellte die Hexe den Becher ab und schnappte sich den Sack.

„Ein Idiot wie alle." Sie löste den Knoten und sah hinein. Ihre Stirn zog sich zusammen. „Wofür ist das? Und wie aktiviert man es?"

Frank spürte den magischen Befehl wie einen Schlag in den Magen. Es fiel ihm schwer, nur eine der Fragen zu beantworten, aber er bekam es hin. Mit lauter Stimme befahl er: „Knüppel aus dem Sack!"

Sofort sprang der Knüppel heraus und begann, auf dem Rücken der Hexe zu tanzen. Sie ließ den Sack fallen und versuchte, schreiend und heulend den Schlägen auszuweichen. Es war ein wilder Tanz, und der Knüppel führte. Wenn er sich nach rechts neigte, wich die Hexe nach links aus und umgekehrt. Frank setzte sich auf und lachte fröhlich.

„Das hast du nicht erwartet, was?"

„Bitte, Junge", schrie sie. „Ich tue alles, was du willst, aber lass es aufhören."

„Wo sind die magischen Dinge, die du gestohlen hast?" Frank beugte sich vor.

„Sag ihm, er soll aufhören, und ich zeige sie dir." Die Hexe tanzte um einen Stuhl, doch der Knüppel schlug gegen ihre Hüfte, ihren Po, ihre Schulter und andere exponierte Stellen.

„Zeig sie mir und ich werde ihn vielleicht zurückrufen." Dieses Mal erlaubte sich Frank, seine Schadenfreude zur Schau zu stellen. Anders als die Hexe wusste er, dass der Knüppel sie nicht zu Brei schlagen würde. Er hatte nicht den richtigen Befehl dafür benutzt. Die Prügel war nur eine harte Lektion in Sachen Ehrlichkeit.

„Sie sind hier." Die Hexe nahm schlagartig die Gestalt einer Frau mittleren Alters an, die mit einem braunen Kleid und einer weißen Schürze bekleidet war, und winkte mit ihrem Armband. Wegen der Schnelligkeit der Verwandlung war Frank klar, dass ihre Verkleidung als Wirt nur ein Scheinzauber gewesen sein konnte und keine echte Verwandlung.

„Her damit." Er streckte die Hand aus. Die Hexe versuchte weiter, dem Knüppel auszuweichen und gleichzeitig den Verschluss des Armbands zu öffnen. Als sie es endlich gelöst hatte, warf sie es Frank zu.

Er betrachtete es genau. Es schien aus Silber zu sein. Zahlreiche Miniaturen hingen daran. Es gab einen kleinen Tisch, eine Fiedel, einen Esel, eine Gans, eine Spindel, eine Tasse und mehr. Keines der Dinge war größer als Franks Daumennagel. Er löste sie von der Kette und legte sie nebeneinander auf den Boden des Schankraums, während der Knüppel über der Hexe schwebte, die sich unter einem Tisch verkrochen hatte. Sie schützte ihren Kopf mit beiden Armen und weinte. Die Haare, die sich aus ihrem Dutt gelöst hatten, ließen sie wie eine mit Stroh ausgestopfte Vogelscheuche aussehen.

„Bring sie in ihren Ausgangszustand zurück", befahl Frank, „oder der Knüppel wird dich noch ein wenig springen lassen."

Die Hexe zeigte mit dem Finger auf die silbernen Anhänger und ratterte eine Kette Wörter herunter, die Frank sinnlos vorkamen, obwohl er die eisige Kälte und Kraft spürte, die von ihnen ausgingen. Sofort fingen die Miniaturen an zu wachsen.

„Kann ich jetzt rauskommen?" Die Stimme der Hexe klang flehend, enthielt aber einen aggressiven Unterton. Trotzdem nickte Frank.

„Wenn du keine Dummheiten machst."

Sie krabbelte aus ihrem Versteck hervor und stellte sich an die Wand in der Nähe des Ausgangs. Frank trat zu ihr und stellte sich neben sie, der Knüppel schwebte in der Nähe. Je größer die magischen Dinge wurden, desto voller wurde der Raum.

„Jetzt sag mir, wie ich den Zauber brechen kann, mit dem du deine Tochter belegt hast, dann kannst du gehen." Frank sah der Hexe direkt in die Augen. Wenn Blicke töten könnten, wäre er sofort leblos zusammengebrochen.

„Leck mich." Die Hexe spuckte ihm ins Gesicht.

Frank musste sich sehr beherrschen, um nicht zu explodieren, doch es gelang ihm, sich im Griff zu halten. Er wischte sich das Gesicht mit seinem Taschentuch ab und sagte: „Offensichtlich missverstehst du die Situation. Ich werde nicht zulassen, dass du weiter Leute bestiehlst, und ich werde dir Bettina nicht überlassen."

Die Hexe wurde bleich, als er Bettinas Namen aussprach, aber sie presste nur die Lippen aufeinander und schwieg beharrlich. Frank nickte dem Knüppel zu.

„Dreh dich und sing", befahl er.

Der Knüppel begann, sich um sich selbst zu drehen. Ein Summen wurde lauter, je schneller er rotierte. Frank musste sich die Finger in die Ohren stecken, aber die Hexe schien erstarrt zu sein. Sie hielt die Hände mit den Handflächen nach außen in einer abwehrenden Geste vor das Gesicht. Dünne, graue Fäden strömten aus ihren Fingerspitzen. Der Knüppel fing sie und wickelte sie um sich wie eine Spindel. Er hielt erst an, als die Hexe keine weiteren Fäden absonderte. Als er das graue Zeug absorbierte, kreischte die Hexe auf und stürzte sich auf Frank.

„Ich bring dich um!" Ihre Fingernägel kamen seinen Augen gefährlich nahe, aber da er einen Angriff erwartet hatte, wich er ihr im letzten Moment gekonnt aus. Er genoss es, wie souverän sein Körper reagierte. Er ließ sie fluchen und nutzte ihre unbedachten Angriffe, um einige der Techniken zu trainieren, die ihm seine Meisterin beigebracht hatte. Natürlich war es nicht leicht, sich durch die Berge von Dingen und Tieren zu bewegen, die den Schankraum jetzt füllten. Als der Hexe die Luft ausging, packte er sie am Kragen und schleppte sie zur Tür.

„Es wird Zeit, sich zu verabschieden", sagte er.

„Gib mir meine Magie zurück." Sie heulte, hatte aber nicht länger die Kraft, sich zu wehren.

„Auf keinen Fall." Frank ließ sie los, und sie sank direkt vor der Tür zu Boden.

„Steh auf und verschwinde." Bettina trat um eine Ecke des Hauses, senkte den Kopf und trabte auf sie zu. „Geh und such dir einen Platz, wo du wie ehrliche Menschen Geld verdienen kannst. Vielleicht kann ich dir dann in ein paar Jahren vergeben."

Franks Herz zog sich schmerzhaft zusammen. Er hatte so gehofft, dass Bettina ihre wahre Gestalt zurückbekommen würde, wenn die Magie der Hexe verschwunden war. Vergeblich. Schweigend sahen die beiden zu, wie die Hexe davon schlich. Die Frau konnte nicht aufhören zu weinen, aber das berührte sie nicht. Sie hatte zu vielen Familien zu großes Leid zugefügt. Als sie außer Sichtweite war, gingen Frank und Bettina ins Haus und begutachteten die seltsame Mischung im Schankraum. Mittlerweile hatte alles seine natürliche Größe erreicht, und die Tiere machten einen Höllenlärm. Man verstand kaum ein Wort.

„Ich glaube, es wird dauern, bis wir alle Eigentümer ausfindig gemacht haben", schrie Frank über den Krach hinweg.

„Meisterin Sioban wartet mit einem Ponywagen an der Baumgruppe." Bettina lehnte sich gegen ihn, und er kratzte ihr gedankenverloren den Rücken. Sie drückte sich fester gegen ihn. „Wir können alles in kurzer Zeit aufladen und verzurren, so dass wir rechtzeitig mit dem Esel bei der Hochzeit deines Bruders sein können."

Frank sah zu seiner Freundin hinunter und eine Welle aus Mitleid schwappte durch sein Herz. Obwohl sie geahnt hatte, dass sie unter Umständen keine Erlösung finden würde, hatte sie ihm zur Seite gestanden, ihm geholfen und sich niemals über ihr Leben beklagt. Aus einem Impuls heraus beugte er sich zu ihr hinunter und küsste ihre feuchte Nase.

Ihr Körper leuchtete auf und verschwamm, waberte herum, als sei er nicht länger an die Form gebunden, die er kannte. Er wurde größer, nahm menschliche Formen an und verfestigte sich dann wieder. Vor Frank stand ein Mädchen in seinem Alter, mit braunen Haaren und großen Rehaugen. Ein Lächeln breitete sich langsam auf ihrem Gesicht aus.

„Du hast es geschafft!" Ihre Stimme war kaum mehr als ein Flüstern. Frank wollte sie gerade für eine Umarmung und einen weiteren Kuss an sich ziehen, als sie beiseite geschoben wurde. Meisterin Sioban trat ein und sah sich um.

„Oh Mann, was für ein Durcheinander", sagte sie. „Wir müssen das sofort sortieren. Die magischen Artefakte dürfen auf keinen Fall aufeinander abfärben."

Lachend machte sich Bettina an die Arbeit, und Frank folgte ihrem Beispiel.

Als sie alles, was nicht lebendig war, auf Meisterin Siobans Wagen geladen und die Tiere daran angebunden hatten, sagte er: „Wenigstens wird das Leben nicht langweilig, solange wir nicht alle Dinge zu ihren Besitzern zurückgebracht haben."

„Du hast dich in dem Moment für ein aufregendes Leben entschieden, als du Bettina nicht ihrem Schicksal überlassen hast." Meisterin Sioban klopfte ihm auf die Schulter und lachte. Dann führte sie das Pony auf den Weg, der zu ihrem Heim führte. Der Wagen holperte hinterher.

Sioban rief über ihre Schulter: „Wie aufregend es noch werden kann, findet ihr heraus, wenn ihr Kinder bekommt."

Aber Frank und Bettina waren zu sehr damit beschäftigt, sich zu küssen, um sie zu hören.

DAS ORIGINAL: DAS ASCHENPUTTEL

von den Gebrüdern Grimm

Dieser Text benutzt atmodische Rechtschreibung

Einem reichen Manne dem wurde seine Frau krank, und als sie fühlte daß ihr Ende heran kam, rief sie ihr einziges Töchterlein zu sich ans Bett und sprach „liebes Kind, bleib fromm und gut, so wird dir der liebe Gott immer beistehen, und ich will vom Himmel auf dich herab blicken, und will um dich sein." Darauf tat sie die Augen zu und verschied. Das Mädchen ging jeden Tag hinaus zu dem Grabe der Mutter und weinte, und blieb fromm und gut. Als der Winter kam, deckte der Schnee ein weißes Tüchlein auf das Grab, und als die Sonne im Frühjahr es wieder herabgezogen hatte, nahm sich der Mann eine andere Frau.

Die Frau hatte zwei Töchter mit ins Haus gebracht, die schön und weiß von Angesicht waren, aber garstig und schwarz von Herzen. Da ging eine schlimme Zeit für das arme Stiefkind an. „Soll die dumme Gans bei uns in der Stube sitzen!" sprachen sie, „wer Brot essen will, muß es verdienen: hinaus mit der Küchenmagd." Sie nahmen ihm seine schönen Kleider weg, zogen ihm einen grauen alten Kittel an, und gaben ihm hölzerne Schuhe. „Seht einmal die stolze Prinzessin, wie sie geputzt ist!" riefen sie, lachten und führten es in die Küche. Da mußte es von Morgen bis Abend schwere Arbeit tun, früh vor Tag aufstehn, Wasser tragen, Feuer anmachen, kochen und waschen. Obendrein taten ihm die Schwestern alles ersinnliche Herzeleid an, verspotteten es und schütteten ihm die Erbsen und Linsen in die Asche, so daß es sitzen und sie wieder auslesen mußte. Abends, wenn es sich müde gearbeitet hatte, kam es in kein Bett, sondern mußte sich neben den Herd in die Asche legen. Und weil es darum immer staubig und schmutzig aussah, nannten sie es Aschenputtel.

Es trug sich zu, daß der Vater einmal in die Messe ziehen wollte, da fragte er die beiden Stieftöchter was er ihnen mitbringen sollte? „Schöne Kleider" sagte die eine, „Perlen und Edelsteine" die zweite. „Aber du, Aschenputtel," sprach er, „was willst du haben?" „Vater, das erste Reis, das euch auf eurem Heimweg an den Hut stößt, das brecht für mich ab." Er kaufte nun für die beiden Stiefschwestern schöne Kleider, Perlen und Edelsteine, und auf dem Rückweg, als er durch einen grünen Busch ritt, streifte ihn ein Haselreis und stieß ihm den Hut ab. Da brach er das Reis ab und nahm es

112

mit. Als er nach Haus kam, gab er den Stieftöchtern was sie sich gewünscht hatten, und dem Aschenputtel gab er das Reis von dem Haselbusch. Aschenputtel dankte ihm, ging zu seiner Mutter Grab und pflanzte das Reis darauf, und weinte so sehr, daß die Tränen darauf niederfielen und es begossen. Es wuchs aber, und ward ein schöner Baum. Aschenputtel ging alle Tage dreimal darunter, weinte und betete, und allemal kam ein weißes Vöglein auf den Baum, und wenn es einen Wunsch aussprach, so warf ihm das Vöglein herab was es sich gewünscht hatte.

Es begab sich aber, daß der König ein Fest anstellte, das drei Tage dauern sollte, und wozu alle schönen Jungfrauen im Lande eingeladen wurden, damit sich sein Sohn eine Braut aussuchen möchte. Die zwei Stiefschwestern als sie hörten daß sie auch dabei erscheinen sollten, waren guter Dinge, riefen Aschenputtel, und sprachen „kämm uns die Haare, bürste uns die Schuhe und mache uns die Schnallen fest, wir gehen zur Hochzeit auf des Königs Schloß." Aschenputtel gehorchte, weinte aber, weil es auch gern zum Tanz mitgegangen wäre, und bat die Stiefmutter sie möchte es ihm erlauben. „Du Aschenputtel," sprach sie, „bist voll Staub und Schmutz und willst zur Hochzeit? du hast keine Kleider und Schuhe, und willst tanzen!" Als es aber mit Bitten anhielt, sprach sie endlich „da habe ich dir eine Schüssel Linsen in die Asche geschüttet, wenn du die Linsen in zwei Stunden wieder ausgelesen hast, so sollst du mitgehen." Das

Mädchen ging durch die Hintertüre nach dem Garten und rief „ihr zahmen Täubchen, ihr Turteltäubchen, all ihr Vöglein unter dem Himmel, kommt und helft mir lesen, die guten ins Töpfchen, die schlechten ins Kröpfchen."

Da kamen zum Küchenfenster zwei weiße Täubchen herein, und danach die Turteltäubchen, und endlich schwirrten und schwärmten alle Vöglein unter dem Himmel herein, und ließen sich um die Asche nieder. Und die Täubchen nickten mit den Köpfchen und fingen an pik, pik, pik, pik, und da fingen die übrigen auch an pik, pik, pik, pik, und lasen alle guten Körnlein in die Schüssel. Kaum war eine Stunde herum, so waren sie schon fertig und flogen alle wieder hinaus. Da brachte das Mädchen die Schüssel der Stiefmutter, freute sich und glaubte es dürfte nun mit auf die Hochzeit gehen. Aber sie sprach „nein, Aschenputtel, du hast keine Kleider, und kannst nicht tanzen: du wirst nur ausgelacht." Als es nun weinte, sprach sie „wenn du mir zwei Schüsseln voll Linsen in einer Stunde aus der Asche rein lesen kannst, so sollst du mitgehen," und dachte „das kann es ja nimmermehr." Als sie die zwei Schüsseln Linsen in die Asche geschüttet hatte, ging das Mädchen durch die Hintertüre nach dem Garten und rief „ihr zahmen Täubchen, ihr Turteltäubchen, all ihr Vöglein unter dem Himmel, kommt und helft mir lesen, die guten ins Töpfchen, die schlechten ins Kröpfchen."

Da kamen zum Küchenfenster zwei weiße Täubchen herein und danach die Turteltäubchen, und endlich schwirrten und schwärmten alle Vöglein unter dem Himmel herein, und ließen sich um die Asche nieder. Und die Täubchen nickten mit ihren Köpfchen und fingen an pik, pik, pik, pik, und da fingen die übrigen auch an pik, pik, pik, pik, und lasen alle guten Körner in die Schüsseln. Und eh eine halbe Stunde herum war, waren sie schon fertig, und flogen alle wieder hinaus. Da trug das Mädchen die Schüsseln zu der Stiefmutter, freute sich und glaubte nun dürfte es mit auf die Hochzeit gehen. Aber sie sprach „es hilft dir alles nichts: du kommst nicht mit, denn du hast keine Kleider und kannst nicht tanzen, wir müßten uns deiner schämen." Darauf kehrte sie ihm den Rücken zu und eilte mit ihren zwei stolzen Töchtern fort.

Als nun niemand mehr daheim war, ging Aschenputtel zu seiner Mutter Grab unter den Haselbaum und rief:

„Bäumchen, rüttel dich und schüttel dich,
wirf Gold und Silber über mich."

Da warf ihm der Vogel ein golden und silbern Kleid herunter, und mit Seide und Silber ausgestickte Pantoffeln. In aller Eile zog es das Kleid an und ging zur Hochzeit. Seine Schwestern aber und die Stiefmutter kannten es nicht, und meinten es müßte eine fremde Königstochter sein, so schön sah es in dem goldenen Kleide aus. An Aschenputtel dachten sie gar nicht und dachten es säße daheim im Schmutz und suchte die Linsen aus der Asche. Der Königssohn kam ihm entgegen, nahm es bei der Hand und tanzte mit ihm. Er wollte auch mit sonst niemand tanzen, also daß er ihm die Hand nicht los ließ, und wenn ein anderer kam, es aufzufordern, sprach er „das ist meine Tänzerin."

Es tanzte bis es Abend war, da wollte es nach Haus gehen. Der Königssohn aber sprach "ich gehe mit und begleite dich,' denn er wollte sehen wem das schöne Mädchen angehörte. Sie entwischte ihm aber und sprang in das Taubenhaus. Nun wartete der Königssohn bis der Vater kam und sagte ihm das fremde Mädchen wär in das Taubenhaus gesprungen. Der Alte dachte „sollte es Aschenputtel sein," und sie mußten ihm Axt und Hacken bringen, damit er das Taubenhaus entzwei schlagen konnte: aber es war niemand darin. Und als sie ins Haus kamen, lag Aschenputtel in seinen schmutzigen Kleidern in der Asche, und ein trübes Öllämpchen brannte im Schornstein; denn Aschenputtel war geschwind aus dem Taubenhaus hinten herab gesprungen, und war zu dem Haselbäumchen gelaufen: da hatte es die schönen Kleider abgezogen und aufs Grab gelegt, und der Vogel hatte sie wieder weggenommen, und dann hatte es sich in seinem grauen Kittelchen in die Küche zur Asche gesetzt.

Am andern Tag, als das Fest von neuem anhub, und die Eltern und Stiefschwestern wieder fort waren, ging Aschenputtel zu dem Haselbaum und sprach:

„Bäumchen, rüttel dich und schüttet dich,
wirf Gold und Silber über mich."

Da warf der Vogel ein noch viel stolzeres Kleid herab, als am vorigen Tag. Und als es mit diesem Kleide auf der Hochzeit erschien, erstaunte jedermann über seine Schönheit. Der Königssohn aber hatte gewartet bis es kam, nahm es gleich bei der Hand und tanzte nur allein mit ihm. Wenn die andern kamen und es aufforderten, sprach er „das ist meine Tänzerin." Als es nun Abend war, wollte es fort, und der Königssohn ging ihm nach und wollte sehen in welches Haus es ging: aber es sprang ihm fort und in den Garten hinter dem Haus. Darin stand ein schöner großer Baum an dem die herrlichsten Birnen hingen, es kletterte so behend wie ein Eichhörnchen zwischen die Äste, und der Königssohn wußte nicht wo es hingekommen war. Er wartete aber bis der Vater kam und sprach zu ihm „das fremde Mädchen ist mir entwischt, und ich glaube es ist auf den Birnbaum gesprungen." Der Vater dachte „sollte es Aschenputtel sein," ließ sich die Art holen und hieb den Baum um, aber es war niemand darauf. Und als sie in die Küche kamen, lag Aschenputtel da in der Asche, wie sonst auch, denn es war auf der andern Seite vom Baum herabgesprungen, hatte dem Vogel auf dem Haselbäumchen die schönen Kleider wieder gebracht und sein graues Kittelchen angezogen.

Am dritten Tag, als die Eltern und Schwestern fort waren, ging Aschenputtel wieder zu seiner Mutter Grab und sprach zu dem Bäumchen:

„Bäumchen, rüttel dich und schüttel dich,
wirf Gold und Silber über mich."

Nun warf ihm der Vogel ein Kleid herab, das war so prächtig und glänzend wie es noch keins gehabt hatte, und die Pantoffeln waren ganz golden. Als es in dem Kleid zu der Hochzeit kam, wußten sie alle nicht was sie vor Verwunderung sagen sollten. Der Königssohn tanzte ganz allein mit ihm, und wenn es einer aufforderte, sprach er „das ist meine Tänzerin."

Als es nun Abend war, wollte Aschenputtel fort, und der Königssohn wollte es begleiten, aber es entsprang ihm so geschwind daß er nicht folgen konnte. Der Königssohn hatte aber eine List gebraucht, und hatte die ganze Treppe mit Pech bestreichen lassen: da war, als es hinabsprang, der linke Pantoffel des Mädchens hängen geblieben. Der Königssohn hob ihn auf, und er war klein und zierlich und ganz golden. Am, nächsten Morgen ging er damit zu dem Mann, und sagte zu ihm „keine andere soll meine Gemahlin werden als die, an deren Fuß dieser goldene Schuh paßt." Da freuten sich die beiden Schwestern, denn sie hatten schöne Füße. Die Älteste ging mit dem Schuh in die Kammer und wollte ihn anprobieren, und die Mutter stand dabei. Aber sie konnte mit der großen Zehe nicht hineinkommen, und der Schuh war ihr zu klein, da reichte ihr die Mutter ein Messer und sprach „hau die Zehe ab: wann du Königin bist, so brauchst du nicht mehr zu Fuß zu gehen." Das Mädchen hieb die Zehe ab, zwängte den Fuß in den Schuh, verbiß den Schmerz und ging heraus zum Königssohn. Da nahm er sie als seine Braut aufs Pferd, und ritt mit ihr fort.

Sie mußten aber an dem Grabe vorbei, da saßen die zwei Täubchen auf dem Haselbäumchen, und riefen:

"rucke di guh, rucke di guh,
Blut ist im Schuh:
Der Schuh ist zu klein,
die rechte Braut sitzt noch daheim."

Da blickte er auf ihren Fuß und sah wie das Blut herausquoll. Er wendete sein Pferd um, brachte die falsche Braut wieder nach Haus und sagte das wäre nicht die rechte, die andere Schwester sollte den Schuh anziehen. Da ging diese in die Kammer und kam mit den Zehen glücklich in den Schuh, aber die Ferse war zu groß. Da reichte ihr die Mutter ein Messer und sprach "hau ein Stück von der Ferse ab: wann du Königin bist, brauchst du nicht mehr zu Fuß zu gehen." Das Mädchen hieb ein Stück von der Ferse ab, zwängte den Fuß in den Schuh, verbiß den Schmerz und ging heraus zum Königssohn. Da nahm er sie als seine Braut aufs Pferd und ritt mit ihr fort. Als sie an dem Haselbäumchen vorbeikamen, saßen die zwei Täubchen darauf und riefen:

"rucke di guh, rucke di guh,
Blut ist im Schuh:
der Schuh ist zu klein,
die rechte Braut sitzt noch daheim."

Er blickte nieder auf ihren Fuß, und sah wie das Blut aus dem Schuh quoll und an den weißen Strümpfen ganz rot heraufgestiegen war. Da wendete er sein Pferd, und brachte die falsche Braut wieder nach Haus. "Das ist auch nicht die rechte," sprach er, „habt ihr keine andere Tochter?" „Nein," sagte der Mann, „nur von meiner verstorbenen Frau ist noch ein kleines verbuttetes Aschenputtel da: das kann unmöglich die Braut sein." Der Königssohn sprach er sollt es heraufschicken, die Mutter aber antwortete „ach nein, das ist viel zu schmutzig, das darf sich nicht sehen lassen." Er wollte es aber durchaus haben, und Aschenputtel mußte gerufen werden. Da wusch es sich erst Hände und Angesicht rein, ging dann hin und neigte sich vor dem Königssohn, der ihm den goldenen Schuh reichte. Dann setzte es sich auf einen Schemel, zog den Fuß aus dem schweren Holzschuh und steckte ihn in den Pantoffel, der war wie angegossen. Und als es sich in die Höhe richtete und der König ihm ins Gesicht sah, so erkannte er das schöne Mädchen, das mit ihm getanzt hatte, und rief „das ist die rechte Braut!" Die Stiefmutter und die beiden Schwestern erschraken und wurden bleich vor Ärger: er aber nahm Aschenputtel aufs Pferd und ritt mit ihm fort. Als sie an dem Haselbäumchen vorbei kamen, riefen die zwei weißen Täubchen:

„rucke di guh, rucke di guh,
kein Blut im Schuh:
der Schuh ist nicht zu klein,
die rechte Braut die führt er heim."

Und als sie das gerufen hatten, kamen sie beide herab geflogen und setzten sich dem Aschenputtel auf die Schultern, eine rechts, die andere links, und blieben da sitzen.

Als die Hochzeit mit dem Königssohn sollte gehalten werden, kamen die falschen Schwestern, wollten sich einschmeicheln und Teil an seinem Glück nehmen. Als die Brautleute nun zur Kirche gingen, war die älteste zur rechten, die jüngste zur linken Seite: da pickten die Tauben einer jeden das eine Auge aus. Hernach als sie heraus gingen, war die älteste zur linken und die jüngste zur rechten: da pickten die Tauben einer jeden das andere Auge aus. Und waren sie also für ihre Bosheit und Falschheit mit Blindheit auf ihr Lebtag gestraft.

DER ZWERG UND DIE ZWILLINGE
SCHNEEWEISSCHEN UND ROSENROT
Schätze Neu Erzählt 1

Es war einmal in einer Welt, in der Magie und Technik mit unerwarteten Konsequenzen aufeinander treffen …

Als Martin einer schwangeren Frau hilft, vor den Häschern des Königs zu fliehen, ahnt er nicht, dass die Zwillinge, die sie in sich trägt, sein einsames Leben für immer verändern werden.

Was wäre, wenn wenn die Brüder Grimm den Zwerg in „Schneeweißchen und Rosenrot" missverstanden hätten?

Das Buch enthält das Original und eine Bonusgeschichte.

ISBN 978-3-95681-028-2
auch als eBook erhältlich

Lass dich über Neuerscheinungen informieren und hole dir den ersten Band als kostenloses eBook:

http://de.katharinagerlach.com/leserinnen

Das Erbe
Der gestiefelte Kater
Schätze Neu Erzählt 10

Es war einmal in einer Welt, in der Magie und Technik mit unerwarteten Konsequenzen aufeinander treffen …

Kater ist in einem Fluch gefangen, aus dem es kein Entrinnen gibt. Nicht einmal als sein Besitzer, der jähzornige Müller, verstirbt, bietet sich ihm ein Ausweg, denn er wird an dessen jüngsten Sohn vererbt. Winkt ihm die Freiheit, wenn er dessen unerfüllbare Wünsche wahr werden läßt?

Was wäre, wenn den Brüdern Grimm nicht klar gewesen wäre, was „Der gestiefelte Kater" wirklich ist?

Das Buch enthält das Original und eine Bonusgeschichte.

voraussichtlich verfügbar Herbst 2017